La promessa

sposa

ANTONIO CASALE

WESTPOINT
PRINT AND MEDIA

Dedico questo libro a mia sorella Maria.

Saluto e ringrazio i lettori e le lettrici de "Il Giornale".
I loro commenti sulla vita quotidiana mi hanno rinsavito.

INDICE

CAPITOLO 1

Primavera

Cervinara resta appollaiata sulle montagne del Partenio, avvolta in una chioma verde e lussureggiante. Si siede alle falde, quasi scoscese, come una signorina spavalda della sua bellezza, e distende le lunghe gambe fino a raggiungere la pianura di Montesarchio, anch'esso arroccato su di un cocuzzolo di montagna. La strada nazionale che porta a Benevento fa da spartiacque tra le due cittadine quasi a voler interrompere una specie di matrimonio naturale tra di loro, protese continuamente verso un futuro sempre più competitivo e tecnologicamente impegnativo.

Nel cuore della montagna di Cervinara è nascosta una casupola tra gli alberi lussureggianti e secolari. Solo la testa del comignolo emerge al di sopra delle cime verdeggianti degli alberi quasi a sfidare il loro slancio verso il cielo. Il camino, costruito in forma artigianale con pietre irregolari, mostra vistosamente detriti di cemento staccatosi nel corso dei decenni. A quell'epoca, dal comignolo si sprigionavano nuvolette di un fumo grigio oscuro. Non si sapeva esattamente se ciò fosse dovuto alle pipate del vecchio occupante o alla scarsità della legna.

Col vecchio uomo viveva una ragazza quindicenne di nome Primavera. Attenzione, non bisogna confonderla con quella di Botticelli dove la Venere emerge dal mare con delle chiome bionde ondeggianti e ninfee leggiadre che l'assistono. In realtà, tra le due cambia solo il colore dei capelli, che nella giovane ragazza s'immerge e si confonde nel verdastro silvestre. Insomma, si tratta di due mondi diversi. L'artista rinascimentale, con delle pennellate magistrali, crea personaggi e una geografia fittizi, mentre qui si tratta di un mare di alberi allo stato naturale. Per il resto, le due Primavere offrono una bellezza incomparabile, quasi identica.

Il nonno la stuzzicava spesso: "Non ti dare delle arie. Quell'unico quadro che ho appeso qui è una replica di quello di Firenze." Lei abbozzava un sorriso e si godeva la fresca brezza serale che penetrava attraverso le tre finestre che aveva la casa. Infatti era una abitazione senza alcuna pretesa architettonica. Le due stanze da letto erano illuminate: la prima, e più grande, da un antico lampadario che il tempo aveva annerito con il fumo e coperto di polvere; la seconda, più piccola, aveva una lampadina sospesa al centro del soffitto. Il mobilio era quasi inesistente. Un baule serviva per custodire gli oggetti più cari del nonno e i pochi panni a disposizione. Un cassone vecchio e grande, a distanza ravvicinata dal focolare, serviva per custodire il pane, qualche piatto e delle posate scolorite. Nella stanza di Primavera c'era un comò anch'esso vecchio e quasi vuoto. Inchiodato sulla porta d'entrata della stanza da letto del nonno c'era un crocifisso con sopra la immutabile scritta: "INRI". Ogni sera, prima di andare a dormire, il nonno si faceva il segno della croce e s'inchinava leggermente. Non poteva inginocchiarsi. I dolori reumatici lo tormentavano. Osservava un minuto di silenzio; mormorava delle preci e si ritirava a letto. Ripeteva lo stesso rito di mattina, quando si alzava.

La cucina aveva anch'essa un carattere rustico, come si può immaginare. Un focolaio di grandi dimensioni era il centro della vita quotidiana. Con il suo calore riscaldava la casa e con la luce del fuoco illuminava lo spazio circostante. Era lì che si cucinava, si mangiava e si raccontavano gli eventi del giorno. Nelle sere invernali il nonno arrostiva le castagne diffondendo un sapore unico e un'allegria particolare. Le pentole pendevano dalle pareti come fossero dei cimeli. Due sedie pesanti e quasi immobili facevano da sentinelle al camino.

La camera da letto di Primavera presentava la stessa scarna fisionomia delle altre, eccezion fatta per un tavolino di antica data, dove studiava, e un ritratto della Madonna di Montevergine appeso a capoletto. Non fu certo una sua scelta. Glielo aveva messo il nonno quando i genitori di lei, sull'orlo del divorzio per motivi economici, l'avevano consegnata all'uomo ed erano partiti per la Russia. Le faceva compagnia un braciere durante le corte serate invernali. Su di una parete campeggiava un ritratto della ragazza con una grande scritta sotto la cornice superiore: "La promessa sposa". Sulla parete opposta, Primavera aveva appeso una foto della sua classe in cui risaltava la figura di un ragazzo che salutava con la mano destra.

La casa era stata costruita in anni lontani, tuttavia manteneva ancora una struttura abbastanza solida. I tronchi d'albero erano stati sovrapposti intorno al perimetro. Il tetto era coperto da lamiere di metallo leggero inchiodate su un substrato di legname abbastanza spesso.

Il bagno era seminudo. Vicino al bacile per i bisogni personali, c'era una brocca d'acqua per lavarsi le mani e la faccia. Per la doccia, si utilizzava un cubicolo incastrato contro la parete. Una pallina legata a una catenina di ferro serviva a liberare l'acqua da un buco coperto da una piccola lamina di ferro circolare legata alla catenina. Ovviamente d'inverno bisognava riscaldare l'acqua.

Il nonno boscaiolo era rimasto legato alla terra e per questo aveva preferito rimanere in contatto con la natura, anziché rimodernare l'alloggio o vivere in paese e soffrire la tecnologia della vita moderna. Si notava che era legato al passato e preferiva l'ossigeno dei suoi alberi, l'acqua fresca della sorgente che sgorgava nei pressi della sua abitazione, i funghi, le castagne, le more e altri frutti di bosco che costituivano una dilettevole alternativa alle amenità e ai piaceri mondani. Non disponeva di un televisore o di un computer che lo distraessero. Interessante era il vincolo con gli uccelli e altri animali selvatici dei quali aveva imparato i suoni e con cui si pavoneggiava, intrattenendosi in colloqui quotidiani. Alla morte della moglie aveva deciso di vivere una vita da eremita. Per molti dei suoi amici e parenti fu una scelta impopolare ma lui, testardo, rifiutò di sottomettersi al logorio della vita della società odierna.

Primavera aveva un corpo sinuoso. Alla sua età adolescenziale, il petto già appariva prospicente e la carnagione era chiara. Il corpo era slanciato come un pioppo e si muoveva con un'agilità atletica. Gli occhi, di un azzurro profondo, lasciavano il segno nei giovani ammiratori che facevano a gara per conquistarsi un posto vicino a lei durante le feste scolastiche o dei rioni in prossimità dei piedi della montagna. La pelle era punteggiata da numerose lentiggini e la folta chioma dei capelli color castano chiaro si adagiava abbondantemente sugli omeri.

A furia di sentirsi dire che somigliava molto all'opera del Botticelli, cambiò il colore dei capelli e si fece bionda. A quel punto, la somiglianza divenne pressoché perfetta.

I genitori di Primavera erano l'antitesi del nonno. Infatti, dopo un trascorso burrascoso a causa di intrecci extraconiugali, i due si trovarono sull'orlo della catastrofe matrimoniale. E non solo. Dietro questo spettro si nascondeva la passione del marito per il gioco d'azzardo. Lo faceva all'insaputa della moglie dal computer di casa. Era lì che sprecava tutti i loro guadagni, giocando a bingo, poker, blackjack e chissà quant'altro. Si faceva abbindolare facilmente dagli operatori, i quali erano e sono degli autentici giocolieri, dei maghi che danno l'illusione di cambiare il ferro in oro luccicante. Sono, effettivamente, dei favolosi venditori di imbrogli, di illusioni e paradisi terrestri. E così l'uomo si era dato anima e corpo a quello stillicidio dei loro risparmi mettendo a repentaglio la loro unione. Nacque, in tal modo, l'impellente necessità di reagire a un possibile imminente divorzio. Non volevano lasciare il paese e affidare la giovane figlia al nonno. Purtroppo, il desiderio di espatriare divenne una *conditio sine qua non*, conseguenza diretta dello sciagurato *modus operandi* del marito che aveva lasciato la famiglia sul lastrico.

Dopo un confronto estenuante, lui promise di smetterla definitivamente e, per dare nuovo slancio al loro matrimonio e sfuggire a una economia depressa e al circolo vizioso delle sue abitudini, decisero di trasferirsi a San Pietroburgo dove alcuni amici avevano fatto fortuna nel commercio. L'espatrio seguiva un disegno provvisorio. Infatti, i due coniugi avevano pianificato di raggranellare un mucchietto di soldi per poi ritornare a Cervinara e costruirsi una casetta in via Pupa, nei pressi della Chiesa di Santa Onestà. Affidarono, dunque, la loro figlia alle cure del nonno e partirono.

E fu così che la bambina abbandonò tra le lacrime l'appartamento dove aveva vissuto coi genitori e trovò asilo nella misera abitazione del nonno. Al principio, assuefarsi a quella vita separata dagli aspetti mondani del paese fu abbastanza difficile. Il nonno, poi, era di vecchio stampo e non ammetteva distrazioni sociali, la controllava continuamente nei movimenti un po' per il suo carattere e un poco per esaudire l'ordine della figlia.

Al contrario del nonno, la giovane ragazza non era affascinata dalla vita da eremita e di tanto in tanto eludeva la spietata sorveglianza del nonno, quasi per prevalere sul tedio della vita silvestre. E così, con la scusa di allontanarsi temporaneamente per motivi di studio, scappava al paese per trascorrere qualche ora con le sue amiche o frequentare con loro la sala da ballo durante il fine settimana.

San Pietroburgo venne realizzata da Pietro il Grande sul fiume Neva, vicino a Estonia e Finlandia. Dal 1700 al 1991 il nome ha attraversato una metamorfosi linguistica e solo recentemente si è stabilizzato nella forma attuale. La città è conosciuta anche come la "Venezia del Nord", per essere stata costruita su di un terreno melmoso e attraversata da parecchi canali. Il clima varia dai 18 gradi centigradi in estate ai 42 gradi centigradi sotto zero in inverno. Lo stesso fiume Neva è ghiacciato per sei mesi l'anno. La città è caratterizzata da un fenomeno naturale, conosciuto con il nome di Notti Bianche, ossia un crepuscolo che dura per diciannove ore e per quasi un mese da giugno a luglio. È un fenomeno che somiglia a quello dell'Alaska, solo che qui la durata della luce del giorno si alterna ogni sei mesi con il buio della notte.

Come il nome, anche la popolazione ha attraversato fluttuazioni nel corso della sua storia. Durante la Seconda Guerra Mondiale quasi un milione di abitanti venne falciato dalla fame e dal fuoco nemico. La città fu insignita con la medaglia d'oro al valor civile per l'eroismo dimostrato contro i nazisti. Attualmente il numero degli abitanti è di poco superiore ai sei milioni.

Alcuni commercianti di Cervinara che stavano godendo un successo strepitoso nel settore immobiliare invitarono i genitori di Primavera a raggiungerli. Dopo un paio di mesi e con il loro aiuto, i due racimolarono alcuni risparmi e li investirono in una pizzeria nel viale più importante, la Prospettiva Nevskij, poco lontano dall'Hotel Dom Romanovykh situato nel distretto di Admilalsteiskiy.

Gli affari andavano a gonfie vele, pertanto i proprietari ebbero modo di espandere la pizzeria che divenne un ristorante all'aperto dove preparavano lasagna, calzoni, peperoni con salsicce e altri gusti tipicamente napoletani, oltre alla pizza. I clienti passavano davanti al bancone dove prenotavano il piatto preferito e pagavano. Il cibo veniva servito in meno di un minuto dopodiché si poteva consumare il pasto nello spazio riservato nell'ampio salone antistante. E così il costo totale per il cliente veniva dimezzato per la mancanza di camerieri e per l'uso di posate di plastica. Si aggiungeva, inoltre, un ulteriore sconto per coloro che pagavano in dollari americani o sterline inglesi. Con questa strategia, i guadagni fiorivano.

In un primo tempo, i genitori erano propensi a invitare la figlia a stabilirsi a San Pietroburgo, ma esitarono troppo. Non volevano che la ragazza interrompesse gli studi italiani e lei stessa temeva il clima glaciale del Mar Baltico. In realtà, lei era troppo legata al paese, alle sue abitudini e ai suoi romanzi.

Dopo un paio di anni di lavoro duro con orari lunghi ed estenuanti, la coppia si avventurò nell'acquisto del locale. Il salto immobiliare causò il drenaggio delle loro riserve ma si risollevarono in breve tempo con una campagna pubblicitaria di alto spessore televisivo che contribuì, in modo vertiginoso, a incrementare i loro guadagni. Se il successo economico fu una benedizione, si rivelò parimenti una maledizione perché attrasse subito l'attenzione delle cosche malavitose.

Una sera di maggio si presentò un gruppo di uomini dall'aspetto serio e tracotante. Erano vestiti di nero con guanti e occhiali dello stesso colore. Non dispensavano alcun sorriso, neanche alle donne. Il più distinto tra di loro portava un orologio e un braccialetto d'oro apparentemente pesante. Passarono minuti d'ispezione visiva. Il proprietario gli si avvicinò per chiedere se volessero mangiare. Colui che appariva essere il capo, lo invitò a sedersi per discutere un menù di somma importanza. Il proprietario sospettò subito sul contenuto di quel colloquio privato e urgente ma non ebbe la prontezza di evitarlo con qualche giustificazione. Gli altri componenti del gruppo si separarono e si appostarono uno in ogni angolo vigilando attentamente sul prosieguo della conversazione e sul movimento dei clienti.

"Dobry djen, Vv silod! (Buon giorno, signore)" disse l'uomo vestito di nero.

L'altro annuì e gli fece cenno di accomodarsi.

"Spassiba (grazie)."

I sospetti del proprietario verso il visitatore aumentavano in modo vertiginoso con il passar dei minuti. Non osava aprire bocca. Si limitava a soppesare ogni sua parola e lo sorvegliava con gli occhi guardinghi.

"Ti manimyu paruski?"

"Niet paruski."

"Allora parliamo italiano."

Si aggiustò gli occhiali e aggiunse: "Veniamo qui per affari."

"Che tipo?" rispose il ristoratore sempre più nervoso.

L'uomo vestito di nero si lisciò la cravatta con la punta delle dita e aggiunse, "Offriamo un menù di protezione ai commercianti. In compenso, chiediamo un regalo mensile dalle duecento alle cinquecento sterline inglesi da depositare in una apposita banca. Se poi vuole pagare in rubli, il prezzo è molto più elevato."

Il padre di Primavera capì l'antifona ed ebbe uno scatto d'orgoglio che non gli permise più di dialogare. Minacciò il visitatore di allertare la polizia qualora avesse insistito nel suo intento. L'uomo con gli occhiali abbozzò un lieve sorriso sarcastico. Si alzò lentamente fissando negli occhi il suo interlocutore. Mise due dita sulla fronte in segno di saluto accompagnandolo con un "Da svidánija". Si girò e si allontanò di fretta senza aggiungere altro.

Il ristoratore si consultò immediatamente con la moglie nel loro ufficio privato e le raccontò l'accaduto. "Questi sono sciacalli!" sentenziò la donna. "Non vogliono lavorare. Sono sanguisughe. Pretendono di vivere sulle spalle degli altri. Parassiti! Schifosi e rognosi! Noi ci stiamo dannando la vita qui, in questo freddo polare, mentre loro vogliono raccogliere i frutti del nostro sudore."

"Non alzare la voce" la redarguì il marito. "Posti pubblici come questo possono essere pieni di spie."

"La sua arroganza e presunzione sono tipiche di un settore della società che disprezza la legalità" rispose la donna con aria di disprezzo.

Incoraggiato dalla presa di posizione della moglie, il marito aggiunse: "Le sue pretese non sono degne di una nostra valutazione."

La moglie non rispose subito. Il tempo pesava come un macigno sulla sua testa. Alla fine, si riprese e mormorò: "Che facciamo? Chiamiamo la polizia?"

"Per forza! Abbiamo bisogno della protezione della legge."

Un'ora più tardi un nucleo di polizia composto da cinque uomini arrivò al ristorante-pizzeria. Il proprietario, appena li vide, si affrettò ad andare loro incontro e a presentarsi all'ufficiale. "Signor capitano, mi dispiace disturbarla ma sono stato avvicinato da un individuo vestito di nero e con gli occhiali…"

"Aspetti, aspetti" lo interruppe con prontezza l'ufficiale. "Questi miei uomini…"

Non terminò la frase. Fece un movimento con la testa come per dire: "Dai loro qualcosa da mangiare."

L'altro rimase sbalordito dall'atteggiamento del capitano ma non ebbe il coraggio di smentirlo per non causare dissapori tra di loro. Intuì il messaggio e li pregò a malincuore di accomodarsi. Poi fece cenno alla moglie di servirli.

I due si sedettero in disparte e qualcuno portò una bibita al capitano. "Fa caldo mio caro amico," e si tolse il cappello appoggiandolo sul tavolo. "Siamo benedetti di godere questa temperatura piacevole anche se transitoria. Oggi viviamo in altri tempi, caro mio." Si lisciò i baffi e continuò:

"Abbiamo molte responsabilità. Esistono troppe insidie nel mondo. Noi siamo occupati ogni minuto e i miei uomini si ammazzano di lavoro. Io sono stanco di sentire piagnistei immotivati o teoremi mai provati. Oggi tutti parlano di mafia, di connivenza tra questo glorioso corpo di polizia e il mondo criminale. Noi siamo consapevoli di queste ingiuste accuse e affrettati giudizi, e, tuttavia, continuiamo imperterriti a neutralizzare le attività criminali." Diede uno sguardo veloce in giro e continuò: "La gente lavora, mangia, beve ed è contenta, come potete vedere. Un proverbio italiano dice 'vivi e lascia vivere'. È quello che noi stiamo facendo. Noi della polizia abbiamo un compito duro da assolvere ma non possiamo dare adito a tutte queste lamentele fittizie, altrimenti soffriremmo di emicrania." Tacque alcuni istanti come se stesse riflettendo su qualcosa, poi, riprese: "Ah, dimenticavo. Alcuni polli ci accusano anche di prendere la bustarella. Come lei vede, tutto è calmo e ciò ci rende orgogliosi di appartenere a questo glorioso corpo dello stato sempre al servizio del popolo."

Diresse lo sguardo verso i suoi uomini e si rese conto che avevano finito il pasto. Si alzò anche lui, colpì il suo interlocutore con i guanti sulla spalla destra e si accomiatò. "Buona giornata e buoni affari. Sembra che qui si mangia molto bene. Come lei può testimoniare senza alcuna ombra di sospetto, noi non chiediamo né pretendiamo alcun compenso per il nostro lavoro faticoso e non ben apprezzato." I suoi uomini scattarono sull'attenti e a un suo cenno marciarono tra la folla al canto di: "Avanti popolo!

Alla riscossa!

Bandiera rossa la trionferà.

Evviva il comunismo e la libertà".

Il proprietario lo seguì per lungo tempo con la bocca aperta e il collo tutto proteso in avanti. In quella posizione, il collo quasi si irrigidì. Fu sua moglie a scuoterlo dal torpore e a chiedergli se avesse ottenuto delle garanzie di protezione dal capitano. Il marito era ancora frastornato per rispondere subito. La moglie sospettò che l'incontro non avesse portato giustizia. Gli prese la mano e l'accarezzò. Senza proferire parola ritornarono mogi mogi al loro ufficio. Il colloquio silenzioso delle loro menti si protrasse per qualche tempo. Erano allibiti, sgomenti, quasi pietrificati dal comportamento spregevole della polizia. Si alzarono solo quando la cassiera li chiamò. Le pressanti esigenze del lavoro li riportarono alla realtà.

I due coniugi non si davano pace, per cui passarono una notte insonne durante la quale la donna disse: "Per difendere a oltranza il prestigio della polizia, il capitano si è fatto cadere la zappa sui piedi. Spesso, questi signori che siedono in ufficio anziché tutelare i diritti dei cittadini, perdono contatto con le loro responsabilità."

I seguenti tre giorni trascorsero senza sussulti. Al quarto giorno, mentre il padre di Primavera si avviava al lavoro, fu gambizzato. Si udì lo scoppio di tre proiettili consecutivi. Il povero uomo si accasciò al suolo senza un gemito. La moglie lo vide e si precipitò su di lui per prestargli aiuto. Oramai i proiettili avevano lasciato il segno nel corpo del marito. La povera donna, affranta dal dolore, lanciò grida di soccorso e cadde nella disperazione con pianti e urla.

La degenza all'ospedale durò tre settimane tra dolori, ansie e paura. Quando il paziente tornò a casa, sembrava un uomo sfinito nel corpo e nello spirito. La vicenda ebbe grande risalto sui media locali. Ci si aspettava una vigorosa reazione dalla polizia ma il colpevole non venne mai identificato.

Intanto i giorni, le settimane e i mesi procedevano il loro rituale cammino inosservati e i coniugi vivevano sempre più sotto l'incubo di ulteriori ritorsioni. Infatti, quell'uomo dall'abito nero si faceva notare passeggiando con i suoi sul marciapiede quasi ogni sera, come presagio di future sciagure.

Per non incorrere in ulteriori colpi di scena violenti, moglie e marito meditavano su come affrontare le prossime sfide. Una sera, un ricco signore fece visita con la sua famiglia al ristorante. I suoi figli lo avevano esortato a provare quel cibo tanto decantato dai buongustai.

Dopo aver assaggiato polpette e salsicce, l'ospite chiese di parlare in disparte con i proprietari. Li presentò alla famiglia e discussero della cucina italiana. Come un fulmine lacera l'aria all'improvviso, il ricco cliente si rivolse in modo serio ai due coniugi e disse: "Vi piacerebbe vendere il vostro ristorante a un prezzo invidiabile?" Marito e moglie rimasero di stucco. Avevano discusso la possibilità di venderlo, ma temevano che gruppi malavitosi venissero a conoscenza del loro piano e che avrebbero imposto loro la vendita a un prezzo irrisorio.

I due coniugi ristoratori si appartarono un minuto per confabulare tra di loro. La moglie era preda di una comprensibile apprensione. Prendeva la parola per poi interrompersi. Il marito la fissò negli occhi. Lei prese coraggio. "Amore, questo è il momento opportuno per ritornare in Italia. Dopo l'agguato in cui sei rimasto quasi paralizzato… Te la sei scampata per miracolo."

"Sono assolutamente d'accordo con te, e poi il prezzo offerto è più che accettabile. Ci permetterà di costruire una bella casa e di vivere tra gli agi per il resto della nostra vita."

"Senza dubbio, qui saremmo diventati arcimilionari nell'arco di un ventennio. Purtroppo non esistono più i presupposti per una pacifica convivenza nel mondo degli affari; conseguentemente, le nostre prerogative sono cambiate." Tacque per qualche istante e gli occhi si gonfiarono di lacrime.

"Stai pensando a nostra figlia, vero?"

Lei abbassò lo sguardo e annuì. Lui l'abbracciò e le coprì il volto di baci. "Vai! Andiamo! C'è Primavera che ci aspetta. Non possiamo più continuare a vivere a lungo senza di lei. Ci manca troppo."

La moglie si emozionò di nuovo e si coprì gli occhi con un fazzoletto. Al ritorno al tavolo, era evidente dal sorriso che i proprietari avevano fatto una scelta condivisa e positiva. Il marito raccomandò al nuovo acquirente il massimo riserbo durante la transazione. Inoltre insistette che gli avvocati conducessero l'operazione con la massima celerità e riservatezza. L'altro assentì senza remora e, per dare un forte segnale della sua disponibilità e serietà, tirò fuori dalla tasca della giacca un pacchetto di assegni, ne staccò uno, scrisse la cifra e l'offrì al suo interlocutore. Questi, in preda all'euforia, si affrettò a prendere una bottiglia di champagne, l'aprì e tutti bevvero per festeggiare l'evento.

La settimana seguente, le acque del fiume Neva erano quasi ghiacciate. L'aria era fredda e il cielo sembrava essere arrivato da un funerale. Dalle bocche dei passanti uscivano lingue di fumo diradato simile a quello dei comignoli delle case di campagna. L'uomo vestito di nero tornò accompagnato da quattro guardie del corpo, i capelli lunghi e baffi a forma di corna. Il loro viso era una maschera di sfida e di sfrontatezza. Sembravano dei carnefici. Che avessero sinistri propositi si notava dalle tasche dei cappotti gonfie come una donna incinta di un paio di mesi. Avevano parcheggiato la macchina a pochi passi da dove si trovavano. Improvvisamente il capo fece una smorfia di sorpresa. Qualcosa aveva attirato la sua attenzione e lo dissuase temporaneamente dal mettere in atto il suo piano.

Stranamente, regnava aria di festa davanti al ristorante-pizzeria. Quello che maggiormente irritò l'uomo vestito di nero e lo amareggiò non poco lo scopriremo tra poco. Un'insegna con la scritta "Venduto" spiccava in caratteri grandi davanti all'ingresso. L'uomo rimase folgorato. Una smorfia di disappunto e di collera sprezzante apparvero sul suo volto oscuratosi per la brusca svolta degli eventi. Borbottò qualche parola indecifrabile mentre si dimenava a destra e a manca per alcuni secondi. Si sentì un uomo stanco e sconfitto. Non riusciva a rassegnarsi alla beffa e digrignava i denti come un cane arrabbiato. Il disagio era evidente e non perdonava a se stesso il fallimento del suo piano sbattendo i pugni sul parapetto di ferro ai bordi del marciapiede. Ciò che lo indignava maggiormente era la presenza di nerborute guardie che vigilavano all'ingresso del ristorante.

Lui, uomo di mondo, non era più un giovane imberbe e si sentiva avvilito e ferito nell'orgoglio. Tutto a un tratto, le forze lo abbandonarono e il corpo si sciolse come un pezzo di ghiaccio nelle acque del fiume. I suoi uomini, che pure ne avevano compreso il dramma interiore, non fecero in tempo a prevenire la caduta del loro capo il quale batté pesantemente la testa sull'asfalto. Per alcuni minuti, temettero il peggio. L'uomo giaceva stordito sul pavimento e parlava a monosillabi. Le guardie del corpo erano indecise se chiamare l'ambulanza o cercare di rianimarlo con un massaggio. Passarono altri di minuti e l'uomo incominciò ad aprire gli occhi. Finalmente, si svegliò lentamente da quell'incubo. Si toccava la fronte come se fosse in uno stato febbrile e si lamentava per il mal di testa. I suoi uomini lo rincuorarono e, sorreggendolo da sotto le braccia, lo accompagnarono lentamente alla vettura. Con le residue forze, l'uomo si fermò, lanciò uno sguardo furtivo verso il ristorante e si lasciò sfuggire un paio d'imprecazioni. Con un gesto di stizza, si liberò dalla loro protezione, "Cosa credete? Che io sia fatto di burro?" e coprì il resto della distanza da solo.

Gli uomini al suo servizio si attennero alle direttive senza fare obiezioni. Aprirono la portiera e lo fecero accomodare sul sedile anteriore con la dovuta deferenza. La macchina sussultò alcune volte, poi partì di colpo e, mentre veniva risucchiata dal traffico, lui, l'uomo potente, lanciò un ultimo sguardo fugace di sfida verso quel posto dove si erano spenti precocemente i suoi sogni di presunzione, di spavalderia e di violenza efferata. Gli esami medici rivelarono che l'uomo era rimasto vittima di un deficit neurologico.

Il volo San Pietroburgo-Londra-Napoli ebbe momenti incerti e preoccupanti solo all'inizio. L'aereo, dopo il decollo, non riuscì a raggiungere la quota prevista per oltre mezz'ora. Si ebbero anche momenti di panico tra i passeggeri, ma il personale di bordo fu impeccabile in quella circostanza e riuscì a riportare la calma. All'improvviso, il sole si aprì un varco tra i battaglioni di nuvole nere e minacciose. Il vento impetuoso che faceva traballare l'aereo e incuteva paura ai passeggeri diminuì d'intensità. Un senso di sollievo si distese su di loro e il viaggio proseguì senza ulteriori allarmismi.

Primavera era eccitata per il ritorno dei genitori. Davanti allo specchio si vedeva stanca di vivere in quella casupola silvestre, in quella atmosfera ascetica. A Ciampino li riabbracciò con una gioia immensa e, durante il viaggio in macchina, fece buon viso a cattivo gioco. A una domanda della madre, spiegò che vivere con il nonno aveva reso meno sofferta la loro mancanza.

Uscendo dalla macchina, alla ragazza non sfuggì il passo incerto di suo padre. La madre lo addebitò a un dolore passeggero, ma quando la giovane tornò sullo stesso argomento un paio di settimane dopo, i genitori furono costretti a rivelarle il retroscena dell'agguato mafioso e la vendita del ristorante-pizzeria che aveva fruttato loro un El Dorado.

Passò un mese e i lavori per la costruzione della casa cominciarono a materializzarsi. La famiglia aveva comprato un pezzo di terreno in via Pupa, poco distante dalla chiesa di don Vitellone. L'ingegnere edile Annalisa di Grottolella ebbe l'incarico di coordinare il nuovo progetto che fu ultimato in sei mesi.

La lussuosa nuova dimora fu oggetto di molte discussioni nei caffè di Trescine, una frazione di Cervinara. C'era chi l'addebitava a una vincita al Casinò di San Pietroburgo, chi alla lotteria e chi al ritrovamento di milioni di sterline nel soffitto del loro appartamento. Per questa ultima ipotesi, una lingua maligna pretese di essere la fonte della verità. Il proprietario dell'appartamento dove avevano vissuto da principio i genitori di Primavera era un calzolaio. Durante tutta la sua vita lavorativa aveva ammassato una ingente somma di denaro che aveva nascosto nel soffitto. Dopo il suo decesso e quello della consorte, gli inquilini – diceva la fonte – avevano scoperto per caso quella montagna di soldi e avevano deciso di tornare in Italia. Se anche questa storia poteva apparire credibile, non convinceva il fatto che un calzolaio fosse stato capace di accumulare una enorme fortuna. La controversia, ben presto, assunse connotati romantici e fu portata agli onori di opera teatrale.

D'altra parte, non sfuggì a nessuno, in particolare agli abitanti di via Pupa, l'incremento del traffico da quando la famiglia si era stabilita nella nuova dimora. Le donne del vicinato non si fecero sfuggire l'occasione e incominciarono a montare teoremi. In pubblico si mostravano prudenti nei loro commenti; in disparte la musica cambiava. Si bisbigliava che il continuo flusso di uccelli migratori verso quella direzione fosse dovuto a uno scopo ben preciso. Qualche parente o amico intimo, ammetteva o presumeva di sapere che Primavera avesse molti spasimanti. In realtà i contatti tra la ragazza e i giovani delle varie frazioni del paese si intensificarono durante l'estate e il mormorio delle comari raggiunse l'orecchio della madre di Primavera.

L'atteggiamento iniziale quasi permissivo della donna si trasformò gradualmente in una ossessione. A causare tanta apprensione nella madre contribuirono in maniera rilevante anche i corteggiatori della figlia che giocarono un ruolo determinante nel cambiamento della relazione tra madre e figlia. Invece di accontentarsi di far visita a Primavera sporadicamente, si presentavano spesso a farle serenate. Le bande si preparavano davanti al sagrato della chiesa di Santa Onestà destando malcontento nelle famiglie circostanti e nel parroco stesso.

Al padre di Primavera mancavano il coraggio e la forza di redarguire la figlia. A porre rimedio alla situazione, ci pensò la moglie che aveva un carattere autoritario. In breve tempo applicò una vigilanza serrata sulle amicizie della figlia, sul loro comportamento e sulle visite. La figlia tentò inutilmente di dissuadere la madre da quell'atteggiamento rigoroso. A volte la conversazione si trasformava in scontri verbali durante i quali la ragazza esigeva maggiore libertà. Questi aspri conflitti condussero inevitabilmente a relazioni tese.

Primavera passava la maggior parte del suo tempo libero usando il cellulare e mandando messaggi. Aveva appena terminato un corso di ballo e già voleva affermare tutta la sua indipendenza nelle ore serali. La madre non sopportava quel comportamento ribelle, ma lei rispondeva: "Mamma, alla mia età ho tutto il diritto di uscire con le amiche la sera. Non me lo puoi impedire."

"Figliola" ribatteva la mamma usando la carota e il bastone. "Tu hai anche dei doveri verso di noi e devi attenerti alle regole della famiglia."

"Ma io ho sedici anni. Alla mia età molte amiche sono già sposate e tu vuoi che io mi adegui alle tue aspettative?" protestò la figlia. "Alcune convivono con i loro ragazzi. E io invece…"

"Non ti permettere di andare oltre," la sgridò la donna alzando il tono della voce. "Con chi vorresti uscire? Con quel poveraccio di… di Cyrus? Si pronuncia così in americano?"

"E se fosse così, che ci trovi di strano?"

"Che nome strano e spregevole. Al solo menzionarlo mi viene voglia di rigettare…"

"Ma che dici mamma! Non sproloquiare. Non ti rendi conto che stai urtando la mia suscettibilità? Hai finito con gli attacchi personali e adesso disprezzi anche il nome."

"Senti, senti come lo difende! Ma ti sfugge il fatto che non abbia nemmeno i soldi per comprarti un gelato. Se credi di seguire un percorso con lui, ti aspetta una vita grama e infame, mia cara."

"Stai costruendo un castello di illazioni. Siamo solo amici come lo sono con gli altri ragazzi."

La madre si asciugò la saliva agli angoli della bocca e continuò: "Non credere che io sia all'oscuro dei tuoi incontri segreti." La figlia rimase allibita. Non sapeva che rispondere. Si sentiva frastornata. Si domandava chi avesse invaso il suo campo privato. Ma non si mostrò molto reattiva. La madre ne approfittò per fare un altro commento acido: "È patetico."

E dopo una lunga pausa: "Ma di che cosa stai parlando? E che ne sai di lui?" replicò la figlia alquanto risentita per la rivelazione di un aspetto personale della sua vita e per una descrizione beffarda di lui.

"Con tutta la tecnologia che c'è in giro, tu vivi ancora sulla luna, tesoro. In questo paese ti fanno la tac dal momento che esci al mattino fino a quando rincasi la sera. Tutte le nostre azioni passano al vaglio di occhi scrutatori che si nascondono dappertutto, nei meandri della tecnologia. Anche i supermercati o negozi di grande dimensione sono equipaggiati con dei congegni elettronici che permettono di seguirti sullo schermo dall'uscita fino a quando raggiungi il centro della città. Adesso una foto è sufficiente per permettere agli esperti di scoprire i lati più reconditi della vita di un individuo. Il conto bancario, gli amici che frequenta e persino i tuoi sogni affiorano sullo schermo con una precisione incredibile. Addio alla libertà e alla vita privata. Aggiornati!"

"Ah, questo proprio non lo sapevo" ammise ironicamente. L'ingerenza della madre nella sua vita privata l'aveva amareggiata. "Mamma" le rispose con tono sdegnato, "io non ti permetto di giudicare un ragazzo che ha ottimi rapporti con me, per quanto non ne apprezzi la condizione sociale. Io scelgo i miei pretendenti a dispetto delle tue preferenze. E lo faccio seguendo alcuni criteri precisi. A proposito, non credo che i nonni abbiano influenzato la tua scelta quando ti sei sposata."

La madre rimase sorpresa dal linguaggio spavaldo della figlia ma non era pronta a demordere. "Ricordati che ho frequentato il liceo classico, meta ambita di molti studenti."

"E con questo?"

"Ne ho avuti di corteggiatori e li ho sempre tenuti a bada. Sono passata per questa strada, capisci? Sto solo cercando di darti dei consigli affinché tu non debba vivere una vita scellerata. Per costruire un futuro migliore per te, noi siamo emigrati. Mi vengono i brividi solo a pensare che tuo padre per poco non ci abbia lasciato la pelle."

"Ah, questa è una novità."

"Lasciamo perdere per ora. Stiamo discutendo di un tema che mi sta molto a cuore."

"Bene, allora sappi che con quel ragazzo a cui alludi non ho alcuna relazione sentimentale, a dispetto delle tue fantasie. Ci vediamo occasionalmente e di sfuggita. È un ragazzo sfortunato e ha bisogno di comprensione e non di una critica incondizionata come la tua."

La madre guardò in alto e si fece il segno della croce. "Madre mia, perdonala!"

A quel punto il disappunto della figlia moltiplicò in modo esponenziale. Se poc'anzi aveva cercato di smorzare i toni, adesso, si mosse a briglia sciolta. "Ecco, la croce, il segno della redenzione! Ma volete capire che si vive la religione con altri mezzi? Per questo non vado più a messa. C'è un'ossessione all'esternalizzazione, al relativismo, all'indifferenza e alla incomprensione."

"Ma, guarda, guarda!" sbottò la donna. "Questa è uscita fuori di senno! Adesso, non va nemmeno in chiesa. E si vanta. È diventata ultraliberale. Sta creando una nuova filosofia della gioventù moderna."

"Ricordati che questa generazione salverà l'umanità."

Quel commento fece fremere di sdegno sua madre. "Non farai mica parte di quel manipolo d'illuminati di quell'università prestigiosa che professano un relativismo di pari dignità in ogni aspetto della vita?"

"A chi ti riferisci?"

"Mi riferisco a quel gruppo di esaltati che vuole promuovere una festività in onore della Santissima Contraccezione. È una ciurma di debosciati."

"Mamma, ascolta. Questo è il sale della democrazia. Ognuno vive la vita secondo la propria coscienza."

"Ma che dici? Non sopportano la morale senza ritorno. Invocano il sesso libero e attaccano i cattolici contrari al diritto all'aborto."

"I tempi sono cambiati, mamma."

"Sono cambiati un corno!" gridò la madre. "Deridere la Madonna è blasfemia! La Madre divina, forse, non si offende per queste plateali dimostrazioni antimorali contro di Lei, ma come ha detto qualcuno, è in pena per le anime che vanno all'inferno."

"Questo discorso fila per te perché credi. Devi accettare che gli altri vivano un'altra teologia."

"Ciò che mi delude maggiormente è il silenzio dei cattolici di Bologna, dei preti e politici che tacciono di fronte a coloro che accusano i partiti di destra di strumentalizzare il crocifisso e il rosario." Chinò la testa e aggiunse con un fil di voce: "L'altro giorno il Papa ha parlato di 'populismo' ma sulla sciagurata presa di posizione di questi giovani sprovveduti ha scelto il silenzio."

"Vedi?" controbatté la figlia. "Per tale motivo non appartengo a nessun partito politico. Voto per la persona…"

"Di nuovo con la politica? Io stavo criticando quel ragazzo…"

La figlia smise di discutere con sua madre e decise di adagiarsi sulla poltrona e schiacciare un pisolino o, almeno, meditare. La madre però non le dava tregua e cercò di svegliarla da quel presunto sonno. "Tu sei troppo bambina. È ora di aprire gli occhi. A San Pietroburgo la vita sociale scorreva in modo esemplare. Qui viviamo una cultura differente. La gente appare attenta a ogni minimo inconveniente. Non lo fa per pura devozione cristiana, ma per intromettersi nei fatti altrui." Si fermò un attimo, per accertarsi che la figlia non dormisse, e aggiunse: "Qui sono tutti curiosi e se hai un tozzo di pane sono invidiosi. Sono amici solo se vengono a casa tua a mangiare. Subito dopo si dimenticano di tutto. Persone con un cuore aperto, dico, generose e sincere, si contano sulla punta delle dita. Devi proteggere te stessa, il tuo futuro e quello della tua famiglia. Non puoi accontentarti di poco."

La figlia si alzò di soprassalto e rispose con tono irritato: "Ma che cosa ha che vedere tutto questo con quel ragazzo?" "Appunto! Non fa per te. Gli mancano le premesse per farti vivere una vita dignitosa senza preoccupazioni finanziarie, altrimenti la vita diventa un tormento. Devi tutelare te stessa. Capisci?"

La figlia la guardò perplessa. Non voleva alimentare le polemiche. Afferrò una giacca leggera e aprì la porta. Prima di uscire disse: "La religione non si predica, la si vive." E si precipitò giù per le scale lasciando la mamma ammutolita.

CAPITOLO 2

Cyrus

Cyrus era dotato di un corpo alto e slanciato. Aveva i capelli ondulati e quasi biondi che lisciava e rilisciava davanti a ogni specchio che gli capitava davanti. A chi lo rimproverava per quel suo atteggiamento apparentemente vanitoso, rispondeva:
"Lo sguardo è lo specchio dell'anima. Bisogna curarlo."

Gli occhi erano di un azzurro intenso e il naso sembrava avesse un promontorio al centro. Spesso chiedeva informazioni su qualche chirurgo estetico che potesse rimediare a quell'imperfezione ossea. Alla fine trovò un compromesso con se stesso e abbandonò l'idea per mancanza di risorse finanziarie.

Cyrus passava le ore libere giocando a calcio. Voleva costruirsi un sogno. Purtroppo le avversità della vita interruppero le sue mire calcistiche e fu costretto a guardare oltre e a ridisegnare le sue ambizioni.

Da questo miscuglio di contraddizioni e malattie serie si sviluppò una personalità fragile ed emotiva. Il suo umore oscillava tra alti e bassi. Alternava momenti di euforia ad altri di depressione. Le comari del vicinato erano al corrente che dietro a quel fisico energicamente inesauribile, si nascondeva un carattere introverso, una paura matta, quasi incontrollabile di parlare in pubblico. Non era socievole, è vero, però tra gli amici faceva prevalere la sua ironia subdola e pungente, aspetto tipico della cultura napoletana. Le comari adducevano il trambusto emotivo alla mancanza di una famiglia stabile e a un atteggiamento disinteressato verso i suoi studi da parte del padre, che lo aveva lasciato indifeso e fragile come l'argilla.

Il nonno gli aveva inculcato la fede cattolica e i due si trovavano spesso insieme intorno al focolare discutendo qualche aspetto biblico che il nonno, analfabeta, aveva sentito in chiesa. A quell'epoca Cyrus era sprovvisto di qualsiasi cognizione religiosa. Sentiva un desiderio impellente di raccontare qualcosa che soddisfacesse la bramosia della fede del nonno e in questo si sentiva spesso deluso e scoraggiato. Non aveva I soldi per comprarsi i libri di scuola. Figuriamoci se poteva permettersi il lusso di acquistare una Bibbia…

In alcuni aspetti la madre di Primavera aveva visto giusto. Quel ragazzo era uno squattrinato, senza lavoro, senza un titolo di studio e senza i presupposti per un futuro che avrebbe permesso a sua figlia di vivere una vita agiata. I segnali erano evidenti. Il giovane non aveva un pantalone o una camicia pulita e stirata. Pensava solo a giocare a calcio per le strade, sui marciapiedi e nelle piazze. Non godeva di un sostegno paterno specialmente dopo la morte della madre. La famiglia era disgregata. Il giovane, poi, non era pratico. Si era invaghito degli studi classici e non metabolizzava la realtà. Era troppo sognatore! E quei sogni furono distrutti sul nascere dopo che la madre fu ghermita da una morte precoce.

Prima che la madre passasse a miglior vita, Cyrus si rese protagonista di un episodio molto carino. Si mise in testa il cappello dei carabinieri che apparteneva a suo zio. Il papà lo redarguì: "Ma che fai con quel cappello? Se tuo zio se ne accorge ti ammazza."

"Papà, io voglio bene a questo cappello. Anche la divisa mi piace."

"Non ti permettere più di toccarlo" sentenziò il padre in modo torvo e minaccioso.

La madre, invece, lo contemplava con compiacimento. "Tesoro, portalo ancora per un poco e rimettilo a posto prima che tuo zio torni dalla caccia e ti veda."

"E va bene mamma, faccio come tu vuoi" rispose svogliatamente il figlio. Durante quegli attimi di goduta soddisfazione, il ragazzo lanciava sguardi a destra e a manca per assicurarsi che nessuno lo vedesse con il cappello dei carabinieri.

Il papà, rimasto solo con la madre le disse: "Ma che cosa si è messo in testa questo figliolo?"
"Non permettere all'impazienza di prendere il sopravvento su di te" lo ammonì la moglie. "Sono trastulli fanciulleschi."
"Ha aperto lui la stanza di tuo fratello?"

La risposta arrivò con un cenno degli occhi, al quale fece eco un commento rassicurante. "Vedrai che tra qualche anno gli passerà la voglia di arruolarsi in quel corpo. E poi mica si sta male nell'Arma. Lo stipendio è discreto e potrebbe sollevarci da questa miseria infame."
"Se speri nell'aiuto dei figli di speranza muori. Non ti illudere. La vita del carabiniere è pericolosa, mia cara. Vita da cane! Lavori nelle stazioni, in luoghi oscuri, su strade tortuose, tra gente diffidente e inospitale. Ci sono troppi balordi in giro incuranti delle leggi. E con tutti questi migranti."
"I migranti sono una ricchezza" protestò la moglie.
"Ma chi credi che venga nel nostro paese? Il dottore? L'ingegnere? Il commerciante? Sono tutti poveri sbandati del Pakistan, dell'India e dell'Africa."
"Molti si comportano bene, lavorano onestamente, pagano le tasse e osservano le leggi."
"E ci sono quelli che stuprano, fanno i loro bisogni per strada, si danno allo spaccio della droga, alla criminalità e alla prostituzione. Il trentatré per cento dei detenuti nelle nostre carceri è composto da loro."
"Va bene, non aspettarti che siano tutti santi. Dopotutto molti vengono da abitazioni di fortuna; vivevano in strade coperte d'immondizia e senza scuole e ospedali. Bisogna istruirli. Non credi?"
"Senza dubbio, ma devono integrarsi, per raggiungere quel fine. Devono imparare la lingua, andare a scuola per apprendere un mestiere. È necessario che vengano qui legalmente, altrimenti avremo un caos incontrollabile."

"Devi ammettere che molti sono maltrattati e vengono remunerati con paghe inferiori alle minime. Non è giusto."

Il marito si stropicciò gli occhi. Forse aveva sonno. Si alzò per acquisire enfasi e disse: "Ma dimmi, in che paese gli immigrati sono pagati per far niente, alloggiati in hotel, a volte a quattro o cinque stelle e provvisti anche di benefici sanitari. E poi ci chiamano razzisti."

"Ma è pur vero che i razzisti si trovano in tutti i gruppi etnici e in molti paesi. Vedi l'Ungheria, l'Austria? Usano il filo spinato per non farli entrare. Dov'è il senso cristiano, umano, civile?"

Il marito scrollò le spalle. Non aveva intenzione di dibattere su di un tema spinoso. Prima di chiudere la conversazione aggiunse: "Questi politici buonisti, e non solo, dovrebbero invocare l'intervento delle Nazioni Unite in quei paesi da dove partono le ondate emigratorie. Forse sono troppo ingenuo, ma senza un Piano Marshall le cricche malavitose faranno affari d'oro sulla povera gente. Infine, se tra i migranti si annidano clandestini che appartengono all'Isis o simpatizzano per altri gruppi terroristici, non è che l'Italia li debba accettare senza registrarne le generalità. Umanità sì, ma anche osservanza delle regole, altrimenti si generano malcontento e pregiudizi."

La donna non ebbe modo o tempo di rispondere. Un tuono rimbombò da est a ovest e scosse le case dalle fondamenta incutendo spavento a molta gente. Alcuni lampi lacerarono l'aria e nuvole minacciose si addensarono rapidamente nella volta celeste. Gocce d'acqua incominciarono a bagnare i vetri delle finestre. "Chiudi, chiudi subito!" gridò la donna. Una tempesta d'acqua si rovesciò sulla terra e in breve tempo le strade si allagarono. Le sirene dei pompieri incominciarono a suonare a spron battuto e anche il traffico si affievolì d'incanto. Dopo un paio d'ore la pioggia cessò d'improvviso proprio come era venuta, e la vita riassunse il suo ritmo frenetico.

All'ora prevista, le campane della vicina chiesa annunziarono il vespro. La madre di Cyrus si rivolse al marito con queste parole: "Noi dovremmo sentirci in colpa. Siamo troppo egoisti. Non abbiamo mai incoraggiato nostra figlia ad andare a Messa la domenica. I valori cristiani non possono germogliare se non si coltivano. Non li abbiamo seminati," e accompagnò le ultime parole con un gesto di disappunto. Era ovvio che avanzasse perplessità meno forti ma molto percepibili. Subito si rese conto di aver ingaggiato un dialogo su di una tematica poco intelligibile per suo marito e abbandonò l'idea; tuttavia, un senso di colpa s'impadronì di loro e caddero in un profondo e mesto silenzio.

Trascorsero alcuni giorni e la morte ghermì la madre di Cyrus. Il padre, rimasto vedovo, non sapeva come sopperire alla mancanza della moglie e con tanti figli. Si risposò.

Per Cyrus e i suoi fratelli e sorelle fu un colpo durissimo. Le attività di lavoro o di studio, già esigue, ricevettero una doccia fredda. Il futuro si presentava ancora più in salita e, per lui, la voglia di arruolarsi si faceva sempre più urgente.

In breve tempo Marco, il fratello maggiore partì per il Brasile in cerca di fortuna; purtroppo, le speranze della famiglia su di lui si dileguarono nella nebbia del tempo perché di lui non si ebbero più notizie. Le scarse informazioni che arrivavano erano inconsistenti e spesso infondate. Alcuni anziani che erano tornati recentemente per rivedere i famigliari frequentavano il Bar Centrale del paese. Senza sbilanciarsi troppo, ipotizzavano che fosse stato assassinato dagli indios nella giungla dell'Amazzonia. Tale ipotesi era avallata da una supposta conversazione che Marco avrebbe avuto con un loro amico prima di sparire.

CAPITOLO 3

Falsi allarmi

Quell'anno, non era una novità vedere una folta concorrenza di ammiratori di Primavera. Tra i giovani di via Pupa, e non solo, si vociferava che tra la giovane e Cyrus già esistessero i presupposti per un amore prematuro. Gli altri pretendenti lo negavano categoricamente e insistevano che, per le sue condizioni economiche, Cyrus era in coda alla fila. Anche le comari del vicinato mormoravano qualcosa in codice, ma non si sbilanciavano troppo perché la madre di Primavera le invitava a recitare il rosario a casa sua, dopodiché si intrattenevano in una cordiale conversazione mentre sorbivano una tazza di caffè e assaggiavano una fetta della famosa pasticceria napoletana della quale erano golose. Insomma, era evidente che si trattava di un misto di religiosità, gusto per i dolci e la tradizionale inclinazione al pettegolezzo. A ogni modo, se fosse sorto tra di loro qualche sospetto sulla condotta della giovane ragazza, non sarebbero state così imprudenti nell'affermarlo in presenza della madre. Il silenzio era il codice d'onore che guidava le relazioni sociali. Sopprimevano l'io per evidenti ragioni di convenienza. La madre di Primavera era conscia di questa realtà e teneva la bocca ben chiusa con loro, non solo perché non le garantivano fiducia, ma soprattutto per non esacerbare l'emotività della figlia.

Le male lingue non sempre si nutrivano di ipotesi o di fantasia. C'erano dei casi in cui alteravano il contenuto o la forma, ma la sostanza non cambiava. Una mattina Cyrus volle abbandonare l'aria malsana del paese e rifugiarsi, come era solito fare, tra il verde della montagna. Lì trovava il tempo per dare una fresca ossigenata ai polmoni, ascoltare il cinguettio degli uccelli e gustare la solitudine. Era lì che si confidava con madre natura e confessava i suoi sogni e le sue pene. Alcuni potrebbero definirlo un monologo, ma si troverebbe in difficoltà perché per lui era un dialogo verace che gli permetteva di entrare in intima e diretta comunicazione con il mondo circostante. Sentiva le risposte attraverso il vento che gli sibilava intorno o mediante il fruscio delle foglie sui rami degli alberi. L'ebbrezza che provava durante quell'interlocuzione lo rigenerava; gli faceva dimenticare il passato e lo spronava ad affrontare nuove sfide verso il futuro. Il bosco si convertiva in una specie di confessionale dove il confessore – il mondo vegetale o animale – ascoltava le sue pene, le sue lamentele e il suo sfogo senza elargire rimproveri o biasimarlo per le sue debolezze. Si perdeva spiritualmente in quell'atmosfera e ne usciva fuori rinvigorito. Era una specie di battesimo per lui. Lì moriva l'uomo vecchio, tanto era profonda l'immersione nel creato, per rinascere all'uscita dal bosco. Era lì che sentiva sbocciare in se stesso la teologia della liberazione.

In quel tardo pomeriggio, il sole abdicò temporaneamente ai suoi diritti di ritornare all'orizzonte e dimorò più del solito a riscaldare la montagna. Cyrus sentiva l'invito a prolungare la sua permanenza. Diede un'occhiata all'orologio: "No, è meglio ritornare ora."

Il terreno scosceso facilitava il passo svelto. Le insidie erano rappresentate da sassi e foglie secche che coprivano il selciato. Per accelerare i tempi, prevalse l'impulso di correre. E corse, corse a perdifiato finché in una curva, s'imbatté in un corpo umano. Era una ragazza. I due rotolarono a terra avvinghiati come l'edera. Il profumo dei capelli e il seno gli suggerirono, senza equivoci, che il soggetto fosse di genere femminile. Lei si divincolò subito dalla stretta di lui e si rialzò scuotendosi il vestito dalla polvere. Lui si affrettò a scusarsi e le chiese se la caduta le avesse causato delle contusioni.

"No, per fortuna, vedo una leggera abrasione da questa parte del braccio destro. Corro da mio nonno qui vicino e rimedio con acqua ossigenata e cerotto. Me la caverò in un paio di giorni." Lo fissò un attimo negli occhi e gli chiese: "E tu? Come stai?"

"Bene, bene, per fortuna sono uscito indenne da questo scontro fortuito. Temevo il peggio."

"Tu sei troppo pessimista Cyrus. Impara a prendere la vita un po' più alla leggera. Me ne sono accorta quando siamo con gli amici."

"Infatti, vengo qui per sognare. Ieri notte ho sognato di essere in un tripudio di folla. Ho visto una ragazza stupenda che mi guardava e mi sorrideva. Poi mi sono svegliato e del sogno non mi è rimasto nulla."

"E chi sarebbe questa ragazza meravigliosa?" e accompagnò la fine della frase con un mezzo sorriso.

Lui la fissò intensamente negli occhi e bisbigliò: "E me lo domandi?"

Lei arrossì. Appoggiò ambedue le braccia sulle sue spalle e sospirò con un filo di voce: "Non desistere dal sognare."

"Mi aspetterai in questo sogno?"

Lei gli rispose con un cenno della testa.

Lui spinse la sua bocca verso di lei. In quel momento il nome 'Primavera' partì dalla casa e, come un baleno, arrivò alle orecchie della ragazza, la quale toccò le sue labbra con l'indice e poi lo posò sulle labbra di lui. Cyrus fece un ultimo tentativo per trattenerla ma lei sfuggì abilmente dalla presa e di tanto in tanto si voltava per regalargli un sorriso fugace. Il desiderio di averla vicino a lui era insostenibile e protese le braccia verso di lei in un gesto sospeso di completo abbandono fino a che udì la voce del nonno che l'aspettava sulla soglia della porta per accompagnarla al paese.

Che Cyrus fosse innamorato perdutamente di Primavera non era un mistero. Era stato folgorato dal suo fascino dal primo incontro. Da allora gli sguardi furtivi che si scambiavano in pubblico lasciavano il segno e lui la sognava di notte e giorno. Lei era taciturna riguardo ai suoi sentimenti. Non apriva il cuore nemmeno alle amiche più intime riguardo a Cyrus. Sapeva nascondere le sue emozioni e si destreggiava bene, specialmente in compagnia di un nutrito nugolo di corteggiatori fanatici che la punzecchiavano su di lui.

A dispetto della concorrenza con gli altri corteggiatori, il maggior ostacolo per arrivare a Primavera non era rappresentato da loro. Cyrus aveva ben intuito che l'antagonismo della madre di Primavera affondava le radici nella voragine sociale e che le modalità del vivere e vestire della élite non erano colmabili, almeno nell'immediato presente. La madre della giovane, poi, aveva manifestato senza tergiversare che la figlia e il suo corteggiatore solitario vivevano in due mondi completamente diversi. Quindi era una follia per lui perseverare in quella ostinata ambizione.

Lui si rattristava e soffriva in silenzio. Non era in condizione di conquistare l'assenso della madre. Malvestito com'era e privo di disponibilità finanziarie, si sentiva triste perché non esistevano le premesse per fare dei regali alla figlia almeno nelle date o festività più solenni come il suo compleanno, il giorno di San Valentino e a Natale. Nonostante questo scenario cupo facesse da sottofondo ai loro sentimenti personali, i due giovani amanti non desistettero e s'intrecciò tra di loro un idillio platonico, a distanza, intarsiato di speranze. Si aprì in tal modo un nuovo capitolo della loro vita dove l'amore rimase un sogno sepolto sotto la cenere della miseria sociale.

Una sera, mentre la madre di Primavera preparava la cena, diede uno sguardo fugace alla strada sottostante e notò Cyrus che passeggiava avanti e indietro. La fronte di lei s'imperlò di sudore. Era inverno. La figlia se ne accorse. "Mamma, che succede? Non ti senti bene?" "Starei molto bene se non fosse per questo squallido spettacolo che mi si offre ogni sera davanti agli occhi." E incominciò a sbuffare. La figlia si alzò e lanciò uno sguardo fulmineo fuori. Fissò la madre negli occhi e disse: "Perché ti disturba tanto quel ragazzo? Perché ti lasci trasportare da un odio irrazionale? A settembre comincio l'università e non lo vedrò per molto tempo."

La madre si asciugò il sudore dalla fronte con un tovagliolo e rispose sommessamente: "Non riesco a sopportare la vista di quel ragazzo. È una nullità in servizio permanente."

"Mamma" cercò di calmarla la figlia, "è un buon amico, nient'altro."

"Oggi è tuo amico; domani potrà essere il tuo fidanzato e dopodomani potrà diventare tuo sposo" la rimproverò la madre in tono adirato.

"Ancora con queste premonizioni irrazionali… Che barba!"

"Che barba, un corno! Non vedi che è uno straccione?"

Primavera abbassò la voce. "Parli a titolo personale o qualcun'altro sta alimentando questa ostilità verso di lui?"

"No, io faccio le mie scelte senza interferenza alcuna."

"Mi dispiace, ma sei preda di isterismi. Il tuo è un ragionamento patetico e pieno di pregiudizi."

"Continua sulla stessa linea di argomento e un giorno ti pentirai" le assicurò la madre in tono stizzoso.

"No, io faccio le mie scelte senza farmi influenzare da nessuno."

La mamma lanciò uno sguardo rabbioso verso di lei ma preferì non rispondere per non far degenerare i toni.

"Mamma, avrai le tue competenze, ma su questo argomento devi darti una regolata. Versi in un incomprensibile delirio."

La madre perse la pazienza. Lasciò cadere il tovagliolo sul pavimento e gridò: "Ecco, un'altra illuminista progressista! In questo momento sei digiuna di elementi razionali. Quando frequentavo il liceo classico, li tenevo a bada eccome quei pretendenti altezzosi e menzogneri." In quell'istante afferrò il tegame dal fornello e gettò l'acqua calda dalla finestra. Il ragazzo, che aveva lo sguardo proteso verso l'alto si gettò a terra rotolando qualche metro per evitare il liquido. Si alzò subito dopo e si allontanò lanciando sguardi intermittenti verso la finestra e scuotendo la polvere e l'acqua dalla camicia e dal pantalone.

"Mamma, che cosa hai fatto?" gridò allarmata Primavera. "Sei diventata matta? Lo sai che ti potrebbe far arrestare per il tuo gesto folle? Con quell'acqua bollente avresti potuto ustionarlo."

"Non mi pentirei se così fosse stato. Sarebbe una buona notizia."

"La tua arroganza e presunzione sono intollerabili" rispose la figlia in modo alterato. Sbatté la porta e si rinchiuse nella stanza da letto.

Dopo quell'episodio sconcertante, gli incontri tra i due giovani divennero una rarità. In una sola occasione vi fu un episodio degno di memoria. Era estate, e i genitori di Primavera avevano deciso di allontanarla temporaneamente dalle assidue attenzioni dei suoi corteggiatori iscrivendola a una scuola estiva di ballo a Nola, sul versante opposto a Cervinara. Prima della partenza, i due giovani si incontrarono casualmente in via Maranni. Nell'accomiatarsi, lei gli promise di scrivergli. In realtà tale promessa rimase lettera morta. I due non ebbero mai uno scambio epistolare. Solo anni dopo si venne a conoscenza della verità.

CAPITOLO 4

Il primo bacio

Cyrus e Primavera si incontravano di sfuggita e ciò era dovuto anche al fatto che lei andava a scuola in macchina. Lui, invece, dipendeva dalla generosità di qualche amico che gli dava un passaggio nel tratto di strada che separa Cervinara da Montesarchio. Purtroppo il paese non disponeva di scuole superiori. Si dovette attendere un ventennio prima che le costruissero anche a Cervinara, ma per i due giovani era troppo tardi. Tra una classe e l'altra i due si scambiavano un sorriso o un'occhiata densa di significato.

Era una sera di maggio. Il sole già aveva attraversato il lungo tratto di spazio che separa l'est dall'ovest. Stanco del lungo viaggio, si preparava a riposarsi dietro la coltre rossastra dell'orizzonte. In sua assenza, il cielo si era vestito di un azzurro cupo. Tra poco le stelle l'avrebbero illuminato per rendere più visibile e meraviglioso il creato. Per via San Marciano e via Pupa si notava un traffico insolito reso ancora più caotico dai motorini e dalle auto che sfrecciavano da quelle parti, incuranti della presenza della folla che si stava radunando per un comizio dei Pentastellati nella piazzetta antistante la casa di Luigi, dove i cani abbaiavano quasi in continuazione e assumevano un atteggiamento minaccioso alla vista di qualunque estraneo.

Primavera e un paio di amiche avevano pensato di andare al cinema per vedere un film romantico. Durante una scena in cui i due protagonisti si scambiavano delle tenere carezze, Primavera si girò indietro coprendosi gli occhi con le dita. In quell'istante, le labbra toccarono quelle di un giovane, seduto dietro di lei, il quale non si aspettava tanta grazia, ma avendola riconosciuta, prese tra le mani il volto di lei e la baciò teneramente. Immagini il lettore o la lettrice la vergogna che s'impadronì della ragazza. Il volto si colorò di un rosso vivo, simile a quello di un peperone e cominciò a sudare. Dopo qualche attimo di sorpresa, si liberò dalla presa e ritornò nella sua posizione originaria. Le due amiche se la ridevano a crepapelle. Una di loro comprese lo stato d'animo di Primavera e le disse sommessamente: "Sei una ragazza fortunata. È stato un bacio prolungato di una tenerezza ricca d'intensità."

L'altra aggiunse: "Se sapessi chi ti ha dato quel bacio, non ti pentiresti."

Primavera si chiuse in un mutismo imbarazzante. Le sue amiche aspettavano una risposta che tardava a venire. Alla fine lanciò uno sguardo furtivo al giovane e rimase sbalordita. Prese un fazzoletto sotto la manica della camicia e si asciugò le lacrime. Si alzò di scatto e chiese alle sue amiche di uscire. Il ragazzo osò alzarsi anche lui. Prese la mano di lei e la strinse. Si accorse che era sudata. Il nervosismo e la vergogna avevano preso il sopravvento su di lei. Chinò la testa e sussurrò alle amiche: "Per favore, andiamo a casa." E si mosse.

La più giovane le disse: "Ma come? Per un bacio dobbiamo perdere i soldi dei biglietti? Non ha senso."

Primavera chiese il permesso di uscire. Le amiche non intendevano abbandonare la sala cinematografica ma la forte amicizia che esisteva tra di loro prevalse e la seguirono.

Primavera scappò a casa e si rinchiuse nella sua camera da letto. Per un giorno non si fece vedere in pubblico.

Non si sa come la notizia del bacio fosse filtrata tra le maglie del silenzio e avesse raggiunto le orecchie della madre di Primavera che divenne furibonda. Di certo non tollerava quei giochi d'amore e si sentiva nauseata solo a sentire il nome del ragazzo coinvolto. Vedere i due insieme le provocava le vertigini. Figuriamoci se lo avesse visto baciare sua figlia! Lo considerava un atto spregevole, un'onta che avrebbe voluto lavare il più presto possibile.

Questo atteggiamento di altezzoso distacco, come commentò un lettore de "Il Giornale" a distanza di tempo, era radicato nella convinzione della propria presunta o reale superiorità.

Presto il disprezzo che ostentava verso il ragazzo si convertì in un comportamento vendicativo verso la propria figlia. Durante la settimana di vacanza dalla scuola la costrinse a vivere in uno stanzino con una debole luce. La privò anche del cellulare, del computer e della televisione, recidendo ogni comunicazione con il mondo esteriore. Il cibo le veniva portato in camera.

La ragazza uscì devastata da quel castigo psicologico oltre che sociale e non volle più sentir parlare di Cyrus.

Il bagno di acqua calda che seguì fu in realtà una doccia di acqua fredda per Cyrus, il quale rimase allibito da tanta incomprensibile ostilità da parte della donna. Si dannò l'anima per pianificare come compiacerla. Fallì nel suo nobile tentativo di accattivarsi la sua simpatia comprandole, con soldi prestati, fiori o scatole di cioccolatini, che lei rispediva con arroganza al mittente.

La stessa Primavera prese le distanze da lui. A scuola, dove gli incontri erano diventati fortuiti, non si degnava più di regalargli un sorriso o di scambiare un saluto.

Una mattina d'estate, Cyrus sentì il cinguettio degli uccelli e si svegliò. Diede uno sguardo all'orologio con gli occhi socchiusi e si rese conto che il giorno stava uscendo dalla galleria notturna e già acquistava un vestito nuovo sotto l'incalzare del sole nascente.

Finita la magra colazione, si diresse verso l'ufficio dell'Arma dei Carabinieri in via del Lagno, presso il vecchio mulino. Pigiò il pulsante e un giovane dall'aspetto serio si affrettò ad aprire la porta. Cyrus gli spiegò brevemente le sue intenzioni e il gendarme lo invitò per un breve colloquio. Aprì il cancello e lo attese sull'uscio della porta d'ingresso.

CAPITOLO 5

Tragedia a Roma

Impossibilitato a continuare gli studi, quantunque la sua passione fosse inalterata, Cyrus si mise davanti al computer e inoltrò la domanda all'Arma dei Carabinieri. I giorni passavano e non riceveva risposta. Non vide altra alternativa che farsi prestare i soldi per acquistare un biglietto ferroviario che lo conducesse a Roma. Nella capitale, si diresse all'ufficio centrale per sollecitare personalmente una più rapida attenzione alla sua domanda.

Nella piazzetta antistante il Pantheon, vicino alla fontana progettata da Giacomo della Porta, un uomo sulla sessantina stava raccontando ad alcuni suoi coetanei un episodio molto increscioso occorsogli a Olbia, in provincia di Cagliari. "Due giovani spasimanti si sono resi colpevoli di un atto osceno in pieno giorno e in una strada principale" disse l'uomo.

"E cioè?" gli rispose quello che gli stava più vicino.

"Due carabinieri hanno affibbiato una multa da dieci mila euro a ciascuno di loro."

"Per che cosa?" insistette l'altro.

"Credo di essermi spiegato. Per aver consumato un atto sessuale completamente nudi."

"Non mi meraviglio più di niente in questo paese" lo interruppe una donna che sudava a profusione per l'eccessiva umidità.

"Li dovevano portare al fresco per un paio di mesi per potersi raffreddare" aggiunse un vecchio barbuto.

"La legge Renzi vieta il carcere a coloro che si macchiano di tale vergogna" lo corresse il primo.

"Renzi ha depenalizzato gli atti sessuali in luogo pubblico. Bella roba!"

La donna intervenne: "Mi scusino, ma chi va a pagare una sanzione assolutamente proibitiva, paradossale e illogica per due giovani focosi e sprovveduti? Nemmeno gli alieni la pagherebbero. Io sono più propensa per sei mesi di carcere in una cella d'isolamento al buio e al freddo. Generalmente sono immigrati quelli che commettono questi atti impuri alla luce del sole. La dignità che contraddistingueva la nostra generazione è passata di moda. La dignità di un tempo è solo memoria." Scosse la testa e si allontanò a passo spedito.

Un giovane le cui braccia nerborute erano coperte da tatuaggi, si fece largo e disse: "I clandestini fanno i loro bisogni per le strade e nessuno li sanziona. Dovrebbero obbligarli a lezioni di educazione civica."

L'uomo barbuto aggiunse: "Questi episodi si ripeteranno e saranno derubricati a normali dimostrazioni di compassione e pertanto non censurabili. Presto saranno invocate ulteriori conquiste libertarie che interessano coppie senza distinzioni tra donna e donna-papà." Si concesse una breve pausa e aggiunse: "Ma voi non leggete il giornale? Non vi tenete aggiornati?"

Nessuno osò rispondere. Lui gridò: "Tutti a Piazza Venezia a protestare!" In breve tempo si formò un drappello che si ingrossò strada facendo. Di tanto in tanto il capo si voltava per assicurarsi che i componenti camminassero a distanza ravvicinata.

Giunti presso la famosa piazza, cominciarono a sentire il crescente suono delle sirene che ululavano ad alto volume e si vedevano le ambulanze correre a velocità inaudita. Un giovane venditore di giornali gridava: "Ultima notizia del pomeriggio! Hanno ucciso un carabiniere! Era sposato da poco tempo!" A quel punto il gruppo si ricompattò con l'aggiunta di altri. La notizia fece subito scalpore e tutti chiedevano ulteriori e più precise informazioni.

Il proprietario dell'edicola si affacciò dall'interno del chiosco e spiegò che, stando alle notizie più recenti, due sospetti erano in custodia cautelare per aver dato undici pugnalate mortali a un bravo carabiniere. Alla domanda: "Chi sono I colpevoli?", il venditore incrociò le braccia. "Al momento due americani sono sospettati dell'omicidio. Anzi, uno ha ammesso la sua colpa aggiungendo però che aveva scambiato il carabiniere per uno spacciatore di droga. Immediatamente il sospettato è stato portato in caserma dove un giovane carabiniere lo ha bendato. Successivamente un alto ufficiale gli ha tolto la benda e ha trasferito il carabiniere in un'altra caserma. Questo è tutto per ora." Si rinchiuse dentro il chiosco e si mise a osservare i gruppi di curiosi che andavano formandosi davanti al bar per informarsi sulle ultime notizie dalla televisione.

Un velo di silenzio e di tristezza avvolse i passanti che si fermavano per ascoltare con sgomento le ultime notizie. Una giovane donna intervistata da una giornalista straniera disse: "Volete vedere che monteranno una polemica per aver bendato gli occhi del colpevole? Poi i legali sosterranno che la confessione di colpevolezza gli è stata estorta."
"Si può parlare di negligenza. Quindi...?" chiese la giornalista ansiosa di conoscere la risposta.

Una signorina sbottò: "È stato lui a permettere che si scattasse quella foto. Adesso gli americani daranno più attenzione alla benda che all'atto criminale."

Un giovane alto dalla pelle scura che sembrava essere il suo fidanzato aggiunse: "Un altro sciagurato provvedimento contro le forze dell'ordine. Hanno quasi declassato il carabiniere che ha fatto il suo dovere. Non tutti sanno che in questo paese vige una concezione erronea e autolesionista della democrazia."

Un avvocato, dopo vari tentativi, riuscì a prendere la parola. "La bendatura è stata un'azione poco convincente, quasi impulsiva, ma comunque di irrilevante entità se si considera quell'azione dello stesso peso dell'omicidio, quindi alla stessa stregua del reato. Il problema va spostato su di un altro piano."

Una signora ben distinta nel suo abbigliamento lo interruppe in quanto valutava l'episodio in questi termini: "Nessuno accusa l'ufficiale che ha defenestrato il povero carabiniere. Sono certa che non c'è connessione tra lui e il comportamento dei media."

Un ex poliziotto cercò di spiegare che "L'atto disciplinare è plausibile perché è conforme all'ordinamento della gloriosa Arma dei Carabinieri. Le nuove leve, in particolar modo, dovrebbero essere addestrate meglio. È necessario, anzi indispensabile, insegnare loro nuove tecniche, nuove modalità per affrontare le crescenti problematiche in tipologie di reati sempre più impegnative. È ovvio che molti di loro non sono aggiornati sufficientemente bene nell'ambito dei diritti e doveri che gli competono e che competono al sospetto. Se seguite i social, vi renderete conto che l'educazione a volte è posta in mano a degli esseri umani incapaci… Inorridisce, a volte, leggere alcuni pensieri filosofici postati da personaggi preposti a dirigere un'istituzione educativa dedicata ai giovani, senza un'adeguata preparazione. Mancano le caratteristiche etiche e caratteriali. Il recente caso di un insegnante della città di Torino lo dimostra. È necessario cambiare le modalità durante il procedimento di carcerazione. Questi sono i commenti riportati dal giornale."

Un giovane muscoloso con un anello al naso e orecchini d'oro alle orecchie sbottò davanti al microfono e argomentò: "A volte mi sembra di essere al cospetto di un branco di sprovveduti. L'assassino non è stato torturato né seviziato. E se si fosse avventato con violenza anche sugli altri carabinieri? Gli dovevano offrire caramelle o caffè corretto? Intorno a noi si respira aria di demenza. Qual è il reato commesso nel bendare un criminale? Questo è davvero sconcertante. Personalmente credo che i media diano maggiore risalto alla bendatura che all'accoltellamento. Tra poco sovvertiranno l'ordine: scambieranno l'atto punitivo con l'innocenza. Lo sciagurato carabiniere va in galera e l'assassino ritorna in libertà. Il declino dell'Italia, purtroppo, continua." Uno scrosciante applauso accompagnò il suo intervento televisivo e lui si affrettò a nascondersi nell'anonimato.

Una signorina, alta e bionda con occhiali scuri, mostrando un sorriso ironico, disse: "Non vi preoccupate. Ci penseranno i magistrati rossi a trasformare i carnefici in vittime. E poi, chi vi dice che non ci sia la manina degli americani dietro questa foto per smontare l'assassinio? Attenti che tra poco arriveranno i difensori dei diritti umani e dei codici penali. E sarà tutt'altra minestra! Ci dobbiamo attendere ulteriori processi, assoluzioni e santificazioni." Sta tutto scritto qui.

Una donna anziana con fare piuttosto adirato si avvicinò al microfono: "Io sto con la signorina. Smettiamola di blaterare. Vedo molta strumentalizzazione in questa tragedia. Anche nei film americani bendano i colpevoli. Allora? È stato bendato perché era ferito? Non tollerava la luce delle telecamere? In fondo è un assassino reo confesso. Che vi aspettate che suonino le campane a festa? Forse alcuni criminali non si coprono il volto all'arrivo delle telecamere? E la polizia non abbassa la testa dei delinquenti allorquando entrano nella macchina? Come ha già detto qualcuno, non sovvertite l'ordine. Proteggete e difendete gli Abele dai Caini. Ricordate quello che vi dico ora. Tra non molto ci sarà l'arringa degli avvocati difensori. Lui sarà scarcerato, darà interviste e scriverà un libro. E alla fine diventerà anche ricco."

"Per me" esclamò l'ultimo intervistato, "si tratta di un caso di fotofobia. Una persona sotto gli effetti di sostanze stupefacenti può avere reazioni di qualunque tipo. Non c'è da meravigliarsi." Poi, guardando fisso nell'obiettivo aggiunse: "Non c'è da stupirsi. La benda avrà evitato che lui comunicasse in codice con altri complici attraverso movimenti di sopracciglia o di labbra; pertanto, hanno protetto l'assassino evitando che la sua posizione penale si aggravasse. Questo è un fatto conclamato." Poi si rivolse agli astanti e domandò: "E quel signore lì che sta prendendo appunti chi sarà? Non è mica uno scrittore?" La gente si voltò verso lo straniero e cercò di indagare con sguardi curiosi e sospetti.

Il telecronista ricevette l'ordine che il tempo a sua disposizione era scaduto e si ritirò con i suoi colleghi dell'emittente televisiva. Cyrus ascoltò avidamente e pazientemente le interviste. Voleva esprimere la sua opinione ma non ebbe né la forza né il coraggio. Tacque per l'intera durata del dibattito. Una donna vestita di rosso e con occhiali da sole le rivolse la parola. "Io la sto osservando da mezz'ora, da quando hanno avuto inizio le interviste. Perché non è intervenuto?"

Cyrus scrollò le spalle. La donna stava per andar via ma tornò sui suoi passi. "Allora lei è curioso. Vuole solo comprendere la dinamica del crimine?"

Il giovane si era chiuso in se stesso come un riccio. La donna si fece spavalda ed esclamò: "Ed è rimasto qui ad ascoltare tutto questo tempo senza un motivo? Ma lei è scemo?"

Un paio di gocce d'acqua scivolarono sulle gote del giovane. La donna si accorse di aver toccato una corda debole del ragazzo e rincarò la dose: "Ma lei è sordo? Non vorrà mica farsi carabiniere."

Cyrus scoppiò a piangere. La donna si scusò. "Mi dispiace. Ora capisco. Lei sta cercando di metabolizzare le notizie che arrivavano alle sue orecchie prima di prendere una decisione definitiva."

Lui annuì e si asciugò le lacrime. La donna lo baciò sulla fronte. "Buona fortuna, ragazzo mio. Non perderti di coraggio. Sei capace di lottare, vincerai nella vita." Detto questo, si dileguò tra la folla. Attonito, lui la seguì con lo sguardo finché poté. Si alzò e riprese anche lui il suo cammino.

Cyrus tornò a casa demoralizzato. Un altro sogno si era infranto contro un muro di ferro acuminato. Si chiedeva: "Ma che ci faceva quel civile tra i carabinieri? E se fosse stato un carabiniere a scattare la foto, chi gli aveva dato il permesso? In tal caso, la procura militare dovrebbe giudicarlo. E poi, se è segreto dell'Arma, non potrebbe essere divulgato. Afferrò il giornale a portata di mano e lesse ciò che un lettore aveva scritto: "Articolo 120, mancata consegna. La consegna precisa determina tassativamente e senza discrezionalità quale deve essere il comportamento del militare in servizio." Lesse oltre: "Forse è stato un comportamento infantile che non doveva creare questo trambusto."

Cyrus proseguì oltre e diede un ultimo sguardo a un articolo che si presentava molto interessante e che diceva testualmente: "Un clandestino senza documenti, con tre decreti d'espulsione, è stato obbligato dal giudice a presentarsi quotidianamente al comando." In quel momento, Cyrus si ricordò della morte di Kennedy a Dallas. Un certo Ruby era penetrato indisturbato tra le maglie della polizia che custodiva Oswald, il presunto assassino, e lo aveva ucciso. Era riuscito a penetrare nelle maglie della polizia senza essere fermato. Si domandò: "È ovvio che esiste il marcio a tutti i livelli della nostra società." Non nutriva più dubbi. Fece a pezzi il giornale e lo gettò nel cestino. Da quel momento non parlò più di arruolarsi nella gloriosa Arma dei Carabinieri. Si rinchiuse nel suo silenzio interiore e si svegliò a malapena solo il giorno seguente.

Trascorsero tre giorni e Cyrus ricevette una lettera dal Comando dei Carabinieri di Roma. L'aprì e la lesse. La sua domanda era stata accettata. Quando alzò lo sguardo gli occhi erano umidi. "È troppo tardi ormai" bisbigliò. Il fuoco nel camino era ancora vivo. Mise la lettera in cima alla fiamma più alta e la bruciò lentamente tra le sue dita fino a farla diventare cenere.

La notizia dell'orrenda fine del carabiniere raggiunse anche la famiglia di Primavera, la quale prese il giornale dal tavolo e lesse a voce alta la notizia che si trovava in prima pagina in lettere cubitali: "Il movente del carabiniere ucciso resta un mistero". Gli occhi della ragazza si velarono di lacrime e seguì un lungo e funereo silenzio che destò preoccupazione nella madre. "Che c'è di nuovo? Notizie eclatanti?" Il suo intento di strappare un commento alla figlia non ebbe successo. Ma la madre non demorse e accennò a un ulteriore affondo: "Primavera che ne pensi dell'accaduto?"
"Penso" rispose la figlia in tono annoiato, "che siamo alle solite scenate ipocrite. Basta dare un'occhiata a questo giudice che ha ordinato a un clandestino privo di carta di soggiorno e con tre decreti d'espulsione di presentarsi ogni giorno per un mese al Comando dei Carabinieri... È una barzelletta, una commedia alla De Filippo. È così che si amministra la giustizia?"
All'orecchio della madre era filtrata la notizia tramite le comari della zona, anche se non confermate da fonti prossime a lei, di un velato interesse di Cyrus per l'Arma dei Carabinieri. Per tale motivo aveva

iniziato la conversazione su quell'oggetto, ma la figlia non cadde nel tranello. Sembrava una partita a dama che si concluse senza vincitori né vinti. Alla fine, la madre lasciò che la figlia si dilungasse in un monologo ininterrotto sulla violenza, mentre lei si avviava a fare il bucato.

CAPITOLO 6

L'assistente di volo Myriam

Un giorno, Cyrus raccolse alcuni indumenti personali in un sacco e si avviò alla stazione ferroviaria. Con i pochi spiccioli che aveva, comprò un biglietto per Roma.

La Stazione Centrale, in Piazza dei Cinquecento, oltre a essere gremita di passeggeri, che si perdevano in abbracci e baci di partenza e arrivi, presentava uno spettacolo deprimente. I migranti che dormivano in ogni angolo avevano trasformato in tugurio gli spazi interni, mentre l'esterno sembrava più un mercato all'aria aperta. Bottiglie vuote di plastica erano dappertutto mentre la sporcizia era ovunque, senza che qualcuno la depositasse negli appositi bidoni dell'immondizia.

L'autobus che portava alla Tiburtina fermava sul lato opposto della stazione. Cyrus attraversò la strada e salì sul mezzo pubblico. Il viaggio durò un quarto d'ora, più o meno. Arrivati a destinazione, il nostro passeggero diede uno sguardo al traffico e, al momento opportuno, attraversò in fretta la strada. Salì le scale; voltò a destra e scese fino a trovarsi sul marciapiede del treno che portava all'aeroporto. Al passaggio del controllore tutti i passeggeri esibirono il loro biglietto. Cyrus si girò verso il finestrino. Il controllore, al suo fianco, lo fissò. Si avvide che il giovane era malvestito e che le lacrime gli scendevano sulle gote. Finse di non vederlo e spostò la sua attenzione altrove.

L'aeroporto Leonardo da Vinci detiene il record del traffico aereo italiano. Da qui partono centinaia di aerei al mese per ogni destinazione del mondo. Il treno che dalla Tiburtina arriva fin qui è abbastanza conveniente. Costa otto euro anche se, come tutti gli altri mezzi pubblici, è molto affollato. Il parcheggio dei veicoli, invece, è complicato per mancanza di spazio. Essendo consapevoli del problema assillante, molti automobilisti si fermano davanti alle porte d'ingresso, lasciano i viaggiatori e i bagagli sui marciapiedi e scappano via.

L'interno dell'aeroporto è bello e molto accogliente. Purtroppo le file sono lunghe ma gli operatori sono ben addestrati. Gli orari dei voli appaiono su grandi schermi collocati sulle pareti dei corridoi per facilitare una rapida visione delle partenze e degli arrivi. Dal giorno delle Torri Gemelle, i controlli dei passeggeri si sono intensificati e sono diventati più sofisticati. Non si possono portare più bevande o cibo sugli aerei e i passeggeri sono sottoposti a una ispezione severa con l'utilizzo di moderne tecnologie. Da quando i doganieri intercettarono materiale esplosivo nelle suole delle scarpe e nei capelli di un terrorista, un metal detector viene utilizzato per localizzare qualsiasi presenza di materiale proibito. In aggiunta, la polizia aeroportuale si avvale anche del sostegno di pastori tedeschi specializzati nell'individuazione di droga o armi.

Cyrus si trovava stordito in quella marea di gente. Veniva spinto da ogni lato e spesso si sentiva chiedere se facesse parte della fila. Lui scuoteva la testa in senso di diniego e si dirigeva verso i banchi dove poteva accomodarsi e trovare delle bottiglie con un po' d'acqua o del cibo non consumato dai passeggeri frettolosi. E così custodiva quegli avanzi nello zaino.

Per tre giorni dormì su una panchina. Stremato e senza meta si muoveva tra la folla a forza di inerzia, fingendo di aspettare qualcuno. Un'assistente di volo di una compagnia aerea saudita si fermò davanti a lui perché aveva delle difficoltà con le ruote del carrellino. Cyrus si accinse ad aiutarla. I due si scambiarono degli sguardi intensi e, giacché lei era in anticipo, s'intrattenne in una amichevole conversazione. Per prima cosa gli chiese il suo nome. Cyrus iniziò a balbettare qualche parola indecifrabile. Lei comprese l'imbarazzo e sorrise. Non sapevano cosa fare fino a che decisero di uscire fuori perché si faceva fatica a conversare in quel caos di lingue diverse.

Con il passar dei minuti, la donna divenne scettica sulle storie sentite fino a quel momento. A volte le parole del suo interlocutore non avevano senso. Erano sconclusionate. Lui appariva in uno stato confusionale. La ragazza, che si sentiva fortemente attratta, gli disse: "Stai calmo e dimmi il tuo problema. L'onestà non conosce confine, colore, orientamento sessuale o altro."

"Io sono un venditore ambulante" disse lui con cadenza monotona.

"Che grottesca banalizzazione" rispose lei ridendo.

Cyrus balbettò di nuovo qualcosa incomprensibile. Lei prese la mano di lui tra le sue e gli chiese: "C'è qualcosa che tu non vuoi rivelare e che ti fa male? Dimmi. Sei italiano?"

"Sì, sono di qui."

"Io sono sunnita."

"Che significa?"

"Sono discendente di Sem."

"E chi era questo Sem? Tuo padre?"

La ragazza lo guardò con compiacenza. "Come, non lo sai? Non ricordi il primogenito di Noè?"

Lui si mostrò confuso per la poca dimestichezza con la Bibbia. Cercò di difendersi come poté. "Veramente, no. Ho letto che gli arabi sono sunniti."

"È vero, ma anche tra gli ebrei si trovano alcuni sunniti. Gli altri sono Ashkenaziti e Cazari. Questi ultimi hanno accettato la religione ebraica per motivi più personali che di cuore. Attualmente il gruppo più numeroso di ebrei nello stato ebraico ha origini asiatiche."

Prima che il suo interlocutore rispondesse, le chiese il suo nome. "Mi chiamo Cyrus e sono di Cervinara."

La ragazza scoppiò in una lunga risata. "Che nome strano! Mai sentito. Dev'essere un paese sperduto tra le montagne."

"Hai fatto quasi centro" rispose il giovane sul cui volto per la prima volta affiorò un sorriso. "Solamente che dalla montagna si può ammirare tutto il golfo di Napoli."

"Ah" rispose con ammirazione la giovane donna, "'vedi Napoli e poi muori'. Io sono stata anche a Capri e pure a Sorrento e sulla costiera amalfitana."

Lui aprì le braccia. "Sono uno spettacolo della natura e costituiscono un motivo d'orgoglio per i campani." Fece una pausa un istante. "Tu non mi hai detto il tuo nome."

"Myriam."

"Che bello! È un nome che racchiude in sé molti misteri" esclamò lui.

"Davvero? Questo mi sorprende e mi inorgoglisce" rispose lei con un apparente senso di soddisfazione. Indugiò alcuni secondi e gli pose la mano sulla spalla destra. "Sai, il tuo nome mi ricorda il grande condottiero persiano che promise ai giudei di farli tornare in patria."

"Ma allora tu sei ebrea."

Lei tergiversò, cercando di indovinare il suo atteggiamento verso gli ebrei. "Non sarai mica antisemita?"

Lui scrollò le spalle. "No, non ho preferenze. Specialmente nelle mie condizioni attuali… Ti puoi immaginare."

Lei volle completare la spiegazione "etnica" e disse: "Gli antisionisti sono quelli che non vedono di buon occhio gli israeliti." Si fermò alcuni istanti e aggiunse: "Allora? Sei uno spacciatore di droga? Guarda che io sono un nemico della polvere bianca."

Lui scosse la testa con rapidità. "La gente mi può addebitare molti difetti o colpe, ma quello no."

"Bravo, adesso mi piaci. Dunque qual è il tuo problema?"

"Io… io… non so dove andare" balbettò lui.

"Sei solo?"

Lui annuì. "Vorrei andare a trovare mio fratello."

"Dov'è?"

"In Brasile."

L'assistente di volo diede un'occhiata agli abiti e disse: "Non hai i soldi per il biglietto, vero?"

Lui non rispose. Abbassò la testa e due grosse lacrime caddero a terra e furono subito divorate dall'arido cemento. Lei lo abbracciò a lungo e gli sussurrò all'orecchio: "Io ti aiuterò, non ora, ma al mio ritorno. Tra cinquanta minuti devo trovarmi sull'aereo. Per un altro volo."

Cyrus la tenne stretta e le disse piangendo: "Io non ho più nessuno. Non ho soldi, non ho niente. Ho solo la speranza. Tu sei la mia speranza. Non mi puoi lasciare così. Non mi puoi abbandonare."

La ragazza rimase intenerita e sbalordita dalle nuove rivelazioni. "Ma io non ti abbandonerò" insistette lei. "E poi, fammi capire, non hai una famiglia?"

"Mia madre è morta anni fa. Mio padre si è risposato. I miei fratelli e sorelle vivono nella miseria. Mio fratello maggiore è emigrato e non abbiamo più notizie di lui. Per questo lo cerco. Alcune voci, non confermate, lo danno per morto nella giungla amazzonica per mano degli indios Yanomami. Altri lo danno per disperso."

"E tu, alla tua età, vorresti seguire le orme di tuo fratello?"

"Non ho altra scelta."

La ragazza si commosse. Abbassò la testa e con un filo di voce gli sussurrò nell'orecchio: "Io non ti vedrò più. Il mio lavoro mi porta in tutto il mondo."

Si rattristò il giovane a quelle parole e, incuriosito, rispose: "Non mi vuoi più vedere?"

Lei scosse la testa. "Non è questo, amore." Osservò una lunga pausa. Non voleva ferirlo con altre novità. "Io sono vissuta parecchi anni in Brasile. Devi sapere che gli Yanomami costituiscono uno dei gruppi più sparuti tra gli indigeni. Sono quasi quattrocentomila e vivono nello stato di Roraima, tra il Brasile e Venezuela, e sono in conflitto continuo con altre tribù. Devi sapere che sono feroci e portano a casa i loro morti. Li lasciano fuori per alcune settimane per dar tempo agli insetti di divorare la carne, dopodiché i familiari ritornano a prelevare le ossa che loro schiacciano e con la polvere ne fanno una minestra di banana. Quindi sono per metà cannibali. Lo stesso dicasi dei Tupi. Per noi è un obbrobrio; per loro è un dovere. In più credono effettivamente che gli spiriti dei loro parenti siano parte della loro vita quotidiana.

La società è strutturata su una organizzazione di tipo matriarcale. Le donne restano a casa per prendersi cura dei figli fino all'età di otto anni. Si danno anche alla coltivazione degli ortaggi, mentre i maschi sono dediti alla caccia con delle cannucce da cui partono piccoli missili intrisi di veleno.

Il problema maggiore dimensione è costituito dall'incessante ingresso di cercatori d'oro, sfruttatori di pozzi petroliferi e deforestatori. La presenza di questi individui ha portato influenza, malaria e malattie veneree che stanno decimando le tribù indigene, che si ritirano sempre più dai fiumi e si raccolgono nelle zone più interne della foresta. "L'assistente di volo si fermò e scrutò gli occhi del giovane. "È possibile che tuo fratello sia penetrato nella giungla per cercare oro e sia rimasto prigioniero di qualche tribù. Questa è l'unica conclusione plausibile a cui io possa arrivare. Ma non escludo che possa essersi sposato con una ragazza indigena e che si sia creato una famiglia."
"Potrebbe essere anche fuggito e vivere in un centro abitato."
"Risposta intelligente! Ipotizziamo che si trovi in un luogo impenetrabile della giungla, come fa a conoscerne la via d'uscita?" Senza aspettare la risposta, diede uno sguardo all'orologio ed esclamò: "Adesso devo andare." E indugiò a lungo fissandolo negli occhi.
"Non mi puoi portare con te?" la implorò il giovane.
"Come faccio tesoro!" Ci pensò un istante e aggiunse: "Guarda io ho l'uniforme di un collega, qui nella valigetta. Te la potrei dare e andresti a mettertela in bagno."
"Ottima idea!" esclamò lui raggiante di gioia.

Lei raffreddò subito il suo entusiasmo. "Aspetta. Come fai a passare per la dogana? Devi presentare il passaporto." Stette lì un momento a riflettere. "Senti, io non posso assolutamente mettere in gioco la mia carriera e rischiare di finire anche in carcere. Mi dispiace." Poi tirò fuori dalla borsetta un cartellino con il suo nome e telefono e glielo diede. Lo guardò fisso negli occhi. Lui appariva agli occhi di lei come la maschera della depressione. Lei rovistò nel borsellino e trovò alcune banconote che mise nelle sue mani. "Ti potranno servire. Chiamami domani mattina. Sarò all'hotel." Lo abbracciò, lo baciò e sparì tra la folla.

Cyrus la seguì a lungo con lo sguardo. Voleva rimanere con quella buona Samaritana. Le voleva bene. Si era affezionato a lei. Si era quasi innamorato di lei.

Il giorno seguente, a mezzogiorno, il telefono di Myriam squillò all'hotel dove aveva preso temporaneamente dimora.
"Pronto!"
"Pronto, pronto" rispose una voce tremante.
"Sono Cyrus."
"Ciao, come stai amore?" rispose lei. "Che piacere sentirti. Tutto bene?"

In quel momento, la comunicazione si interruppe bruscamente. Lei continuava esclamando: "Pronto, pronto!" Stette qualche secondo ad aspettare e poi chiuse il cellulare. Si sedette sul letto sperando che il telefono squillasse una seconda volta. Invece qualcuno bussò alla porta. Si insospettì. Non voleva alzarsi. Il tocco si ripeté varie volte fino a che lei decise di dirigersi verso la porta. L'aprì un poco per vedere chi era. Gli occhi si sbarrarono. Indietreggiò per lo sgomento e cadde sul letto.

Appena si riprese dalla sorpresa, si alzò e abbracciò l'intruso. "Ma sto abbracciando un fantasma o sei tu in carne e ossa?"
"Sono io, quel giovane dell'aeroporto che tu hai aiutato."
"Ma, ma, come hai fatto a passare per la dogana senza passaporto. È incredibile. Siediti e raccontami tutto. Poi andremo a mangiare" disse la giovane donna fuori di sé dalla sorpresa.

Cyrus le raccontò dell'idea geniale che aveva avuto dopo la separazione. Era andato al bagno e, approfittando dell'assenza del custode, era entrato nello spogliatoio impossessandosi dell'uniforme e del cappello di un custode che, probabilmente, era in vacanza. Fortunatamente gli altri custodi erano affaccendati in altri settori dell'aeroporto. Fu così che Cyrus prese un secchio di plastica e una scopa e si diresse verso la dogana.

Abbassò il cappello sul viso e varcò diritto il passaggio doganale senza essere interpellato o esaminato.

L'aereo per Rio de Janeiro stava quasi per togliere la rampa. Cyrus, che era appostato nei dintorni, salì e passò tra le assistenti di volo senza che nessuna di loro gli sbarrasse il passo. Myriam non lo vide perché si trovava al lato opposto dell'entrata.

Una volta a bordo, Cyrus si diresse speditamente nella parte posteriore dell'aereo. Entrò nel bagno e si tolse l'uniforme, nascondendo il secchio con la scopa in un angolo. Poi si sedette all'ultimo posto vuoto e si coprì con la coperta riservata ai passeggeri fingendo di dormire. In una sola occasione, Myriam sbucò dal fondo del corridoio e si avviò con passo spedito nella sua direzione. Un passeggero aveva la gamba sinistra stesa in avanti. Myriam chiese al signore di spostare la gamba per poter proseguire. Cyrus calò il cappello sul volto per non essere riconosciuto.

L'uscita dall'aereo non presentò difficoltà. Cyrus rimise l'uniforme e il cappello e uscì a testa bassa, con il secchio e la scopa.

L'ostacolo più grande consisteva nell'uscire dall'aeroporto perché doveva passare per la dogana. E qui usò lo stesso stratagemma di Roma. Alzò il secchio e la scopa che portava con sé; evitando i passeggeri, passò quasi inosservato davanti al posto di controllo.

Una volta fuori, si nascose dietro un angolo e si affrettò a cambiare gli abiti. L'odissea era andata a buon fine.

Myriam trasecolava. Era visibilmente sgomenta. Le parole facevano fatica a uscire dalla bocca. Erano incoerenti. Le sembrava di essere stata coprotagonista di un film di spionaggio. "È in-cre-di-bi-le. Non pos-so pen-sare co-me..." balbettò allibita l'assistente di volo.

"Mi è andata bene, cara mia. Anche io sono stupito."

"Ma questa è una 'Missione Impossibile', da 007. E come farai ora? Sei un clandestino."

"Nella giungla non esiste legge. Si vive per sopravvivere. E poi, in Italia, lo stato paga i clandestini. Io non chiedo nulla allo stato. Non sono un parassita. Sono troppo fiero di me stesso. Mi voglio almeno guadagnare il pane."

"E quando dovrai tornare?"

"Non mi preoccupo del futuro. Devo trovare mio fratello e lo troverò."

Myriam lo guardò con ammirazione, rapita da quello spirito coraggioso, spavaldo, avventuriero, determinato e battagliero. "Tu sei un giovane fortunato."

"E perché? Per aver forzato il destino?"

Lo fissò negli occhi e prese le mani di lui tra le sue. "Non solo. Io ho una settimana di riposo."

"E me lo dici ora?" esclamò in tono entusiastico.

CAPITOLO 7

Bella, ciao...

La partenza di Cyrus da Cervinara non era passata inosservata. Lo cercavano tutti, parenti e amici. Nessuno era a conoscenza delle sue peripezie, nemmeno la polizia. La notizia che Cyrus era sparito da Cervinara arrivò come un regalo di Natale alle orecchie della madre di Primavera. Cambiò di umore. Si sentiva gioiosa. La figlia si accorse del nuovo stato d'animo ma evitò qualsiasi riferimento al suo amico. La madre, invece, sulle ali della felicità iniziò a fare i preparativi per gli studi universitari.

Primavera si iscrisse all'università di Bologna e la madre l'accompagnò e le fece compagnia per una settimana. La città studentesca era in fermento, ma anche la chiesa esercitava il suo potere a favore di un certo settore politico. I partiti dell'opposizione aspettavano da un momento all'altro che Renzi staccasse la spina e facesse cadere il governo di coalizione. Alcuni preti progressisti ci misero anche del loro. Uno, di nome don Brancaleone, dichiarò che avrebbe cantato la canzone "Bella ciao" anche durante la Messa.

Qui è necessario presentare la canzone nei suoi aspetti più controversi e il lettore o la lettrice trarrà le sue conclusioni. La musica, senza dubbio, è molto bella ed è un inno alla resistenza che in Italia iniziò nel 1943 e terminò nel 1945. Ma secondo alcuni storici s'inoltrò fino al 1950. Sembra inverosimile ma lasciamo perdere.

La canzone fa due riferimenti specifici, uno "all'invasor" e l'altro "al partigiano" con chiare allusioni romantiche. Infatti il partigiano chiede alla ragazza di seppellirlo in montagna dove nel luogo della sua sepoltura nascerà un fiore.

La chiesa di don Brancaleone era stata recentemente edificata dirimpetto all'università e si chiamava Santa Emigrante. Lo stesso parroco aveva suscitato in precedenza un vespaio di polemiche per alcuni commenti che erano stati bollati come sacrileghi da molti cattolici.

Un sabato pomeriggio faceva caldo da morire e il parroco uscì sul sagrato per godersi un poco d'aria fresca. Accanto a lui aveva messo un grammofono e di lì a poco si sentirono nell'aria le note della famosa canzone "Bella ciao." Presto si formò un folto gruppo di curiosi e simpatizzanti, a questi si aggiunsero Primavera e la madre. Molti studenti si accodarono al disco e diedero vita a un coro. Il parroco non si aspettava tanto entusiasmo giovanile e dichiarò che il giorno seguente l'avrebbe cantata durante la Messa.

Con la canzone, il prete raggiunse il primo obiettivo. Successivamente si alzò e si diresse verso il portale della chiesa, sopra il quale aveva predisposto un grande schermo. La folla seguiva i suoi movimenti con apparente interesse che sfociò in un dibattito vivo allorché il don spinse un bottone e sullo schermo apparvero scene in cui si intratteneva amorevolmente con dei migranti. Voleva continuare, il buon parroco, ma il chiacchiericcio che udì urtò la sua suscettibilità e gli fece cambiare idea, per cui si rivolse alla folla ed esclamò: "Lasciate perdere tutte queste chiacchiere, queste critiche. Guardate i fatti. Siate umani nel vostro fare e nel vostro giudizio. Seguite il mio esempio e vogliate bene al prossimo vostro." Alla fine, un sorriso malizioso apparve sulle sue labbra e le note di "Bella ciao" riecheggiarono nell'aria. Lui, con una apparente disposizione flemmatica, domandò: "Ditemi voi che cosa non vi piace di questa canzone. Ispira all'amore fraterno, all'amore verso il prossimo. Non vi scandalizzate. Noi già l'abbiamo cantata in chiesa e la canteremo domani. Non c'è niente di anormale. Se la criticate, siete degli ipocriti. Vi scagliate contro una canzone innocua e praticate il razzismo contro i migranti. Ascoltate prima di giudicare."

Appena le note finirono, una vecchia signora con una voce baritonale esclamò: "Arciprete, mi hanno staccato la corrente perché mi mancano i soldi per pagarla. Come Lei può giudicare, io non sono una delinquente o un'emarginata. Mi arrangio con la mia piccola pensione che arriva a fine mese. Non è che io non voglia fare il mio dovere."

Il prete rispose tra il serio e il faceto, "Ah, cara amica, questi sono cavoli suoi!! La folla proruppe in un lungo e fragoroso applauso che rattristò molto la povera donna. La donna abbassò la testa. La sua faccia era una maschera di delusione e tristezza. Si fece largo tra la gente e riuscì a guadagnare l'uscita dove alcune persone la incitarono a non desistere e a rivolgersi alle autorità comunali.

Il fragore delle risa finalmente scemò e un uomo ben distinto nell'abbigliamento puntò il dito verso il parroco ed esclamò: "Caro lei, nel periodo dell'Avvento, in chiesa si cantava 'Tu scendi dalle stelle' o 'Adeste fideles'. Erano canti liturgici non memorie di guerra. Apparentemente la pluralità delle scelte prevale in una società moderna e democratica. Badi bene che anche il Papa, l'altro giorno, ha ammonito i fedeli contro i populismi. Ma giudicate voi se il fascismo risorgerà. Non è più possibile. Siete voi preti che intimorite la gente ignorante. Anche un altro signore ha sottolineato che i preti romantici, con le loro storture e forzature, si rendono rei di insinuazioni, di aperture verso demenziali realtà. Da un lato predicate l'integrazione, dall'altro la divisione."

"Ma che state sbraitando?" replicò don Brancaleone alzando il braccio con evidente stizza. "Noi siamo per l'inclusione, per l'amore verso il prossimo. Le sue esternazioni sono allucinanti."

Un signore dalla barba lunga non approvò quella battuta e disse: "Don, concordo parzialmente con lei. Noi viviamo in un mondo polarizzato e lei fa bene a scegliere una parte. Quelli che stanno in mezzo saranno spazzati via da uno dei due poli. La gente deve fare la sua scelta:

o a destra o a sinistra. Il problema è che lei ha fatto la scelta sbagliata. Attenzione che è difficile stanare il fanatismo alle radici."

Fece seguito un mormorio assordante e una studentessa subito lo rimbrottò: "Signore, ma sa cosa dice questa canzone? È stata approvata da tutti i partiti nell'immediato dopoguerra. È una canzone che abbraccia tutte le sfere politiche. Inneggia alla pace."

Un signore coi baffi, sulla settantina, urlò: "Io l'ho cantata nella mia gioventù ma adesso è diventato un inno alla provocazione."
"È lei che sta facendo una provocazione. Sta banalizzando una canzone che ha avuto successo in tutto il mondo" ribatté la ragazza. Siccome nessuno le rispose, lei continuò: "Questa canzone dovrebbe assurgere a inno nazionale."

Una signora settantenne tirava il marito per la giacca per non farlo parlare. Lui, incurante delle pressioni della moglie, disse ad alta voce: "La chiesa la smetta di essere una sezione di partito. Mi spieghi il don a chi si riferisce la parola 'invasor', ai nazisti? Ai titini? Agli angloamericani? Siete così ingenui da non comprendere che è una canzone di guerra? Ma chi è 'l'invasor'? La Meloni o Salvini? O chi? Chi? A chi resiste l'invasore? A loro? Allora fate propaganda contro un partito politico. Pensate prima di fare opposizione. Vi consiglio di leggere il libro 'Sangue chiama sangue' di Giorgio Pisano e 'Il sangue dei vinti' di Gianpaolo Pansa. Solo dopo averli letti e analizzati potrete venire in questo foro a dare il vostro contributo."

Un giovane, di cui si ignorava l'appartenenza sociale (non si sapeva se era studente o abitante della zona), sembrava dare in escandescenza. Effettuò alcuni salti per ottenere visibilità. Dopodiché, con un tono di voce elevato, esclamò: "Io sono di vicino Genova. Mio nonno, per le sue idee fasciste, fu costretto ad abbandonare la casa e fuggire. I partigiani, dopo aver rubato tutto, misero la casa a ferro e a fuoco. Forse 'invasor' si riferisce a loro."

La madre di Primavera ascoltò in silenzio fino a che poté. Alzò la mano e disse: "Ascoltate la mia voce." Tutti si voltarono verso di lei. "Io mi meraviglio che un prete possa arrivare a tanto. Cioè desacralizzare il tempio di nostro Signore. Siamo in prossimità del Natale e invece di ascoltare inni natalizi o inni liturgici si canta una canzone di resistenza. Allora in chiesa dobbiamo cantare anche 'Il Piave', 'Quel mazzolin di fiori', 'Giovinezza', 'Faccetta nera'? La verità è che voi, come gli esponenti di alcuni partiti politici, fate una scelta incoerente rimanendo sulla scia dei comunisti, ma almeno quelli erano coerenti con la loro ideologia. Voi non sapete che pesci pigliare."

Una ragazza etiope arrivata in Italia dopo qualche giorno di vita e diventata attrice, si sedette accanto al prete.

Una donna bionda la riconobbe ed esclamò: "È lei che ha accusato gli italiani di razzismo verso i musulmani. Mi dica, il Papa è razzista? I preti come don Brancaleone sono razzisti? Provi il Vaticano a edificare una chiesa in Arabia Saudita! Vedrà se glielo permetteranno. Venite qui e non volete vedere il crocifisso nelle scuole ne' tantomeno il presepe. Aspettiamo il Papa che celebri la Messa di Natale senza il presepe per non infastidire voi. Già ha eliminato la carne di maiale per non offendervi. Perché non ha ordinato un pranzo ecumenico? Volete sradicare le nostre tradizioni cattoliche come se foste dei conquistatori anziché cercare di integrarvi e rispettare e apprezzare quello che vi è dato. Aveva ragione Cicerone quando disse: "Quousque tandem, Catilina, abutere patientia nostra?"

L'attrice mostrava segni di eccitazione. Si alzò e disse: "Ho chiamato l'editore ieri e gli ho espresso il mio disappunto per aver fuorviato i miei commenti." Appena finì i suoi commenti, si allontanò contro il parere del prete che cercò invano di trattenerla.

Una ragazza col volto coperto dal *nikkah* fece cenno di voler parlare. La folla tacque. "Innanzitutto, esiste una correlazione tra la carne di maiale e alcune patologie. Già prevedo contro di me le critiche dei venditori di carne di maiale. Ma la verità è questa. E voi conoscete il verme solitario, no? È un parassita che si trova nella carne suina che dall'intestino può viaggiare nei vasi sanguigni e quindi può causare disastri alla memoria e agli occhi. In questo il Papa ha fatto bene. Poi, per quanto concerne i diritti della donna, ne ho discusso anche con la signora Boldrini con la quale stiamo combattendo contro gli usurpatori dei diritti della donna."

Un anziano signore si tolse il cappello e disse: "Mi scusi, signorina, lo sa che il Corano tiene la donna sottomessa all'uomo? Lo sa che la donna musulmana non ha voce in capitolo sul suo matrimonio? Solo il futuro marito e il padre della ragazza sono coinvolti? E viene qui a farci la morale? Perché non eliminiamo il *burka* o il *nikkah* per compiacere i cristiani? Lei è comunista come la Boldrini. La vostra è un'ingerenza immotivata... La ragazza ribolliva di rabbia. Voleva rispondere ma il parroco le consigliò di non inasprire il dibattito oltre il limite.

Primavera, che non aveva profferito una sillaba fino a quel momento, decise che era arrivato il suo turno. La madre le fece cenno con gli occhi di non parlare, ma lei seguì il suo impulso. "Prima di tutto, vorrei esternare la mia avversione alla chiesa. Io non sono cattolica e per quanto mi concerne sono atea. Mia madre, invece, è molto legata alla chiesa. Ebbene, ho ascoltato tutti voi con grande attenzione e rispetto, e devo ammettere che ho notato qualche errore. 'Bella ciao'... non è mai stata l'inno della resistenza che invece era 'Bandiera Rossa' e 'L'Internazionale'." Si fermò alcuni secondi per prendere fiato e continuò: "Sappiate altresì che 'Bella ciao' fu cantata per prima dalle mondine. Qualcuno contraddice questa tradizione ma non importa."

Un uomo alto e baffuto voleva interromperla ma lei non si fece intimorire. "Smettiamola con il fanatismo perché tanto non si cura. Non me ne voglia il don e nemmeno mia madre. La presenza di preti comunisti, specie nel Reggiano, è fin troppo evidente. È una prova inconfutabile. Mi domando se non sia biasimevole lo scempio che questi stanno causando nel tempio sacro. Se fosse possibile dovrebbe essere destituito prima che si rompa il vaso di Pandora. Lo chiede la maggioranza dei cattolici; lo chiedono alcuni teologi e tutti coloro che si sono smarriti."

La madre si fece rossa come un peperone. Non sapeva che la figlia potesse sfoggiare tanta eloquenza. Un gruppo di studenti dietro di loro applaudì con energia e avvicinatosi a lei la invitò a un convegno. Lei declinò gentilmente l'invito.

Don Brancaleone non riuscì a sopportare ciò che suonava alle sue orecchie come blasfemia, disinformazione o ingiustizia e urlò: "Se amare il prossimo significa essere comunisti, allora io sono comunista." Chiuse l'audio, prese la sedia e si ritirò nella sacrestia.

Un giovane biondo e di media statura con gli occhi azzurri e gli occhiali da lettura si avvicinò a Primavera e si congratulò con lei. Prese la sua mano e la baciò. La ragazza si emozionò un poco, mentre la madre vegliava su di lei con due occhi da sbirro. "Signorina" esordì, "sono il capo di un gruppo studentesco chiamato 'Indipendenti'. Poco tempo fa abbiamo debuttato sulla scena universitaria con uno slogan che ha fatto il giro del mondo. Se non erro, lei è una studentessa dell'Università di Bologna."

"Sì, è vero" si schermì lei. "Sono una matricola."

"Ottimo! Vorremmo invitarla questa sera a un incontro sociale durante il quale discuteremo anche delle prossime mosse della nostra novella organizzazione."

Primavera, che non era a conoscenza dell'identità del gruppo né della sua filosofia, accettò volentieri.

La madre poggiò la testa fra le mani. Il gesto imprudente e inconsueto della figlia l'aveva turbata. Si volse verso di lei e le bisbigliò: "Innanzitutto devi informarti sull'identità del gruppo, cosa si propone di fare," la rimproverò determinata a guidarla in quella giungla di studenti reazionari. Il giovane con molta premura le chiese: "Signora, mi scusi se non mi sono presentato. Molto lieto."

Non aveva finito di parlare che la donna proruppe in un vistoso sbadiglio. "Chiedo scusa giovanotto, le nuvole anziché diradarsi si stanno addensando nella mia mente. Niente di personale. Le assicuro che ha esordito con uno slogan che ha suscitato enorme scalpore a livello nazionale."

"Si riferisce alla 'Santissima Contraccezione'?"

La donna annuì due o tre volte.

"Ah sì, è vero. Adesso tutto è chiaro."

Mentre lei parlava, il giovane affondava gli occhi in quelli della ragazza. La madre si accorse che le sue intenzioni erano proiettate sulla figlia e cercò di scuoterlo dal suo abbaglio amoroso. "Senta, lei non ha ancora risposto alla mia domanda. Non vorrei passare per insolente ma… Che obiettivo si propone di raggiungere con questo scandaloso slogan?"

Il giovane spostò momentaneamente l'attenzione dalla ragazza e disse: "Il nostro movimento si prefigge di propagandare una filosofia nuova."

"E sarebbe?" chiese la donna con scetticismo.

"Bene, noi puntiamo alla pari dignità, a un relativismo più pragmatico, a un amore globalista, all'uguaglianza dei sessi e alla libertà di coscienza."

"E avete scelto la Madonna come vostro bersaglio? Lo sa che è sacrilego? Voi siete blasfemi!"

Il giovane, che non si attendeva un atteggiamento di sfida, incassò il colpo e le spiegò. "In realtà," cercò di difendersi "non abbiamo nulla da recriminarci perché siamo atei, pertanto, sfuggiamo alla sua analisi."

"Può sfuggire alla mia analisi, ma non al giudizio divino."

"Rispetto la sua opinione, ma non fa parte della nostra agenda."

La donna afferrò la figlia per il braccio e la trascinò via, lasciando il giovane quasi sbalordito e ammutolito dalla spavalderia religiosa di lei…

La ragazza cercò di liberarsi dalla stretta della madre ma questa non desistette. "Ma che ti sei messa in testa figlia? Sei venuta qui per diventare anarchica? Disobbediente? Irriverente? Atea?"

"Ma… io non credo nei tuoi valori spirituali. Non mi puoi forzare. Sono d'accordo con la filosofia liberale dello studente. Stasera io assisterò all'incontro."

"Ah sì? Adesso vieni con me" e la condusse al dormitorio. Rimise i vestiti nella valigia sotto gli occhi attoniti della figlia e disse: "Ora, seguimi!"

"Ma che fai mamma? Non ti accorgi che stai perdendo il giudizio? Che hai in mente? Lo posso sapere?"

"Lo saprai tra poco. Intanto seguimi."

Il giovane tornò e disse: "Se siete interessate a sapere di più, potete parlare con Cyrus, il nostro capo."

Madre e figlia lo guardarono sbalordite. La madre si tirò indietro senza profferire parola. La figlia rimase a bocca aperta. La tensione salì a un livello da capogiro. La madre mormorò a denti stretti e in tono teso: "Questa è l'apoteosi dell'ipocrisia. Di certo, tu non starai qui. Scappiamo che sento odore del passato. Mi vengono le vertigini!"

Fuori, nella strada principale, la donna chiamò un taxi e si fece portare alla stazione. Comprò due biglietti per Roma sotto gli occhi spalancati della figlia che cominciò a piangere a dirotto. Né il pianto né le preghiere di Primavera valsero a cambiare la decisione della madre.

All'indomani, a Roma, la madre condusse la figlia all'Università La Sapienza, dove Primavera, a malincuore, si iscrisse alla Facoltà di Economia.

Il giorno in cui la madre si accomiatò dalla figlia, la portò per un giro turistico nella città. Per primo, la madre optò per San Giovanni. La chiesa era stata la sede di quattro Concili ecumenici e custodisce anche le spoglie di un Papa. Di fronte, si trova la Scala Santa. Secondo la tradizione, i gradini di marmo facevano parte del palazzo di Pilato a Gerusalemme. Il Signore camminò su quei gradini per incontrarsi con il governatore. I fedeli salgono inginocchiati gradino per gradino fino a raggiungere la parte superiore. Sempre seguendo la tradizione, la Scala Santa fu fatta portare a Roma da Sant'Elena, madre di Costantino.

Primavera non aveva alcuna intenzione d'inginocchiarsi per quasi venti gradini. La madre, invece, la pensava diversamente. Sperava che la durezza del marmo inducesse la figlia a una più pacata riflessione sulle sue relazioni con Cristo. Questa volontà avrebbe potuto riaccendere in lei l'antica fiamma religiosa e ritornare alle origini della sua fede cristiana. La figlia non aveva alcuna voglia di accontentarla. Nel mezzo della diatriba, un altro evento attrasse la loro attenzione.

Scesero dal taxi e uno spettacolo singolare apparve ai loro occhi. La piazza era letteralmente invasa da una folla oceanica il cui numero si aggirava sulle trentamila unità secondo l'ipotesi di uno dei più accreditati giornalisti. Alla vista di quell'immane formicolio di esseri umani, che gremiva non solo la piazza ma anche le strade circostanti, madre e figlia rimasero sbigottite. Al principio, il rumore assordante della musica che proveniva dal palco e il vociare della folla non permise loro di comprendere il motivo della manifestazione. Tutt'intorno sventolavano bandiere rosse. Molte di loro avevano foto di pesci. Piena di stupore, la madre si rivolse a un uomo: "Che succede oggi qui? Vedo una folla inverosimile e tumultuosa. C'è uno sciopero?"

"Come? E me lo chiede? L'Italia è il paese per antonomasia degli scioperi" rispose l'anziano.

"No, no" si apprestò a chiarire l'uomo un poco seccato. "È la festa delle sardine."

"Ha detto 'delle sardine'?" interloquì la donna.

"Sì, perché si meraviglia? Lei viene dalla Sicilia?"

"No, no."

"Dalla Sardegna?"

"No, sono di vicino Napoli. Il mio paese si erge alle pendici della catena appenninica, dall'altra parte di Nola."

"Io ho fatto il militare a Nola."

"Bene, allora mi vuole spiegare che cosa sono queste sardine? Infatti, io avevo una voglia tremenda di fare una mangiata di sardine, vongole e capitoni."

"L'uomo la guardò esterrefatto. "Ma signora che dice? Con tutto il rispetto…"

"E che c'è di male a mangiare una frittura di pesce?" lo prevenne la donna.

"Signora, lei si sbaglia. Questo è un nuovo movimento politico."

La madre di Primavera sbottò: "Perdinci, ma è vero che in Italia i partiti politici crescono come i funghi. Mi domando se siano interessati a una frittura politica. Non ne abbiamo abbastanza di pesci nei nostri mari?"

"E perché?" replicò l'uomo un poco frastornato dalla ingenuità della sua interlocutrice.

"Ieri ero a Firenze e questo partito non esisteva. Tutto qui."

"Ieri non c'era, ma ora c'è. Tutto qui. Le sembra strano?"

"Sa, fa sempre scalpore vedere un movimento nascere all'improvviso. Ma, dica un po', a chi si appella questo nuovo apparato politico?"

L'anziano non capì la domanda. Un giovane sui trent'anni udì la conversazione e rispose: "Questo non è un partito. È un movimento. È l'anima di una nuova generazione che è indignata contro l'odio e il razzismo." Volse lo sguardo verso Primavera e aggiunse: "La signorina potrebbe far parte del nuovo movimento. Sarebbe un enorme vantaggio per noi."

Primavera si schermì. "Sono appena arrivata e non ho la minima cognizione della dinamica di questa manifestazione."

"Sono a sua completa disposizione. Se vuole registrarsi," insistette il giovane, "io l'aiuterò."

"No, grazie. Non c'è bisogno per ora."

La madre ancora insoddisfatta chiese: "Scusi, ma di che colore politico è questo movimento?"

Il ragazzo, abbagliato dalla bellezza di Primavera, non rispose.

La donna lo scosse dal momentaneo torpore romantico. "Eh, sto parlando con lei. Le ho chiesto se questo gruppo è figlio di uno specifico partito politico."

Il giovane, ammaliato dalla ragazza, rispose svogliatamente: "No, è indipendente. Auspica armonia e pace. Quindi combatte l'odio e il razzismo, che prevale in Italia in questi giorni."

"Scusi, ma perché lo chiamate 'sardine'? Sa che le sardine sono come le anguille. Sgusciano, s'insinuano dappertutto. Mi comprende? Sono come la CIA americana."

Il giovane alzò le braccia in alto in segno di disappunto. "Signora, abbia pazienza, noi non vendiamo chiacchiere. Lei eccede nell'esagerazione."

La donna mormorò qualcosa nell'orecchio della figlia. "Questi sembrano apprendisti stregoni."

Sul palco, aveva preso posto un'orchestra. Al cenno del maestro, cominciò a suonare "Bella ciao" e tutti si improvvisarono cantanti. Seguirono alcuni oratori che si avvicendarono per una mezz'ora a presentare la loro filosofia politica. Una giornalista chiese a una donna: "Che significato hanno 'le sardine' per lei?

"Senta, è una protesta contro Salvini che è un mangiafigli!"

La madre di Primavera rimase annichilita. "Come?" bisbigliò a bassa voce alla figlia. "Questo è surreale. Non hanno argomenti questi 'monaci induisti'. Non sanno fare di meglio che aizzare il popolo contro il capo dell'opposizione."

"Mamma, sono incompetenti e inetti. Predicano bene e razzolano male."

"La recita di questa farsa sta prendendo un'altra piega. Alcuni filosofi vanno in televisione lanciando proclami, dicendo che la vita è diventata un teatro."

Mentre la madre parlava, un ragazzo si accostò a Primavera e cercò di palpeggiarla. Lei si scostò e si mise dall'altra parte della madre, la quale ignara dell'accaduto proseguì: "Platone disse che dobbiamo conoscere noi stessi. Vuol dire che dobbiamo vincere su noi stessi, sulle nostre passioni, sulle nostre intemperanze." A quelle parole, il giovane desistette. La guardò con uno sguardo enigmatico. "Non sarà mica una suora?" le disse. La donna gli rispose con uno sguardo che non ammetteva repliche. Lui le volse le spalle e balbettò qualcosa d'indecifrabile spostando altrove i suoi propositi.

Lo stesso giornalista di poco prima, si avvicinò a Primavera, non tanto per ascoltare i suoi commenti ma per ammirarla. "Che idea si è fatta lei delle sardine?"

La ragazza sorrise. Meditò qualche istante. Il cronista la guardava a bocca aperta. "Lei somiglia alla Primavera di Botticelli. Guardi che io non scherzo. Adesso glielo dimostro." Prese il cellulare, cercò il quadro rinascimentale e lo sottopose al vaglio della ragazza. "Vede la somiglianza straordinaria?"

"Mio caro giornalista, mi ha fatto una domanda sulle sardine. Allora, le rispondo. Fino a quando riusciremo a ingannare questo popolo inerme e ingenuo? Il movimento delle sardine può divenire un vero colosso politico, ma può anche traballare e sfasciarsi. In questo caso avranno ingannato non solo il popolo, ma anche loro stessi. Cantando quella canzone sulla resistenza e ascoltando alcuni commenti, le sardine già hanno fatto la loro scelta politica. È inutile negarlo. La farsa è finita. Per costruire un mondo migliore bisogna smetterla di fingere, di vestire la giubba altrui."

Il giornalista rimase sorpreso dalle osservazioni assennate di lei e, per godere il più a lungo possibile della sua vicinanza, le fece altre domande. "Scusi, ma le piace la canzone?"

"A chi non piace?" rispose la madre prima che la figlia intervenisse. "Qui però bisogna spiegare il contenuto della canzone. È un inno alla lotta contro 'l'invasor'."

"Noi abbiamo già esternato le nostre opinioni a Bologna. Non ci resta da aggiungere che è anche un inno all'amore. Purtroppo, la sinistra si è appropriata della canzone e ne ha fatto un suo cavallo di battaglia. Tutto qui. Mi dica lei se queste sardine che predicano la neutralità non si sono già definite nel loro assetto politico? Allora finiamola con la pretesa illusoria di autodefinirsi 'indipendenti'."

In quel momento lo sguardo di Primavera si volse altrove. Le sembrò di scorgere il volto di Cyrus. Lo seguì a lungo; lo voleva raggiungere, ma era impossibile con quella folla straripante. L'interesse della figlia non sfuggì all'occhio vigile della madre che la rimproverò. "Non avrai mica visto…? Ma io impazzisco. Non avrà il dono dell'ubiquità! Mi avevano detto che era espatriato! Non sarà mica il suo spirito!"

"Mamma, tu hai una fertile immaginazione." Dopo di ciò, si chiuse in un silenzio ermetico e il suo volto diventò bianco come la cera.

Il cronista, per accattivarsi la simpatia della madre di Primavera, annuiva, quantunque fosse interessato esclusivamente alla figlia. Anzi, mentre lei commentava gli eventi di quella sera, lui scrisse qualcosa su un bigliettino da visita e lo passò nella mano di Primavera. Non ebbe il tempo di aggiungere altro. Si aggiustò l'auricolare e si diresse altrove… Il direttore gli aveva ordinato di muoversi. Lo spasimante cronista baciò calorosamente la mano di Primavera, s'inchinò davanti alla madre e seguì gli ordini impartitigli dal direttore.

Primavera e sua madre lasciarono il luogo poco prima che la manifestazione terminasse per non essere risucchiate dalla voragine di quella immensa prateria umana.

Il giorno seguente, e l'ultimo di Primavera in compagnia della madre, girovagando per la città si fermarono di nuovo a San Giovanni per visitare la chiesa che, per loro disdetta, era chiusa a quell'ora.

La piazza era invasa da ogni sorta di bottiglie di plastica, di carta, di bicchieri e piatti di carta. Un mare d'immondizia si offriva davanti a una delle più belle piazze di Roma. "Che spettacolo deprimente! Questa è mancanza di educazione civica" esclamò Primavera.

Intorno a loro, girovagavano giovani malvestiti, con scarpe slacciate e il berretto girato di lato. Rovistavano alla ricerca di qualcosa di utile dentro a quell'immensa discarica lasciata in eredità alla città. Non trovando ciò che speravano di trovare, si abbandonavano al turpiloquio.

Primavera tirò la madre per un braccio e mormorò: "Non possiamo restare qui per ascoltare un effluvio di volgarità. Il linguaggio che usano non è consono a persone civili. Andiamo."
"Mi fa pena sentire alcuni personaggi della politica che parlano di razzismo. I rapporti interpersonali si fondano sul rispetto reciproco. Il vilipendio è segno di ignoranza, non di forza" rispose la madre. La figlia si ricordò del bigliettino del cronista. Lo guardò e lo fece a pezzi buttandolo in un cestino.

CAPITOLO 8

Fuoco a "Dea Libertà"

La madre di Primavera aveva vinto le sue battaglie, e così poté ritornare a Cervinara piena di orgoglio. Cyrus era sparito dalla circolazione e su di lui era scesa notte fonda. Ebbe dei dubbi che si rivelarono falsi a Bologna e a Roma, tra le 'sardine'. Infatti di lui non vide nemmeno l'ombra. Era esattamente quello che desiderava. Con la sua ostinata opposizione lo aveva costretto a cambiare aria.

Appena rimase sola, sdraiata sul divano, cominciò a riflettere su alcuni imprevisti e obiettivi ottenuti. Aveva risparmiato a sua figlia un vespaio di polemiche a Cervinara a causa di quel presunto corteggiatore e straccione. Si inorgogliva di aver tirato le castagne dal fuoco per sua figlia all'Università di Bologna, con quegli studenti con idee eccessivamente libertarie. E l'aveva anche salvata dal comportamento troppo volgare di qualche spregiudicato pretendente a Roma. Insomma, a suo avviso, la sua presenza si era rivelata doppiamente positiva: era stata vicino alla figlia e le aveva risparmiato ideologie moralmente e spiritualmente incendiarie all'Università di Bologna. In sintesi, aveva raggiunto il suo scopo e ora poteva dormire sonni tranquilli.

Primavera si adeguò presto all'atmosfera universitaria della Sapienza e divenne presto oggetto di desiderio da parte del settore maschile. Anzi, fu proclamata a pieni voti presidente di una associazione studentesca con finalità sociali.

In tv, c'è un programma dal titolo "Tutto è possibile". Ebbene a Roma esiste un club notturno dove la libertà è padrona assoluta. Lo spettacolo che offre non ha nulla a che vedere con quello del Moulin Rouge, dove si esibiscono cantanti, ballerine e pseudo-attori. L'ambiente è molto più vicino ai campi hippy che fiorirono in America durante la guerra in Vietnam e dove il nudismo era di moda. Può darsi che il locale abbia aperto i battenti cercando di ricalcare, in qualche modo, le orme dei noti ritrovi americani. Ma di questo non esistono prove.

Si fa fatica a credere che nella capitale del mondo cattolico si nasconda un'oasi di assoluta spregiudicatezza morale, ma la realtà è evidente. Verso le otto di sera, tutto cambia qui: l'atmosfera, i gusti, i colori e la spensieratezza. È un caos, non assimilabile a quello migratorio, ma di fantasie e libertà indiscriminate. Quindi il locale si trasforma nel covo di tutti i generi di persone: lesbiche, omosessuali, eterosessuali e trans. Si potrebbe definirla, in un'ottica sociale, come "insalata sociale" o "terra senza frontiere". Qui avviene l'immigrazione della lascivia. Il linguaggio perde il guinzaglio della buona morale e scappa come un puledro senza redini in una prateria immensa. Bisogna aggiungere che il linguaggio non si ferma alle espressioni fonetiche. Le mani e i gesti corrono dappertutto alla ricerca di un punto d'arrivo su delle labbra o delle gambe che tremano sotto il fumo di sostanze illegali. Se i corpi vacillano nel movimento è dovuto al pensiero che ha perso il controllo e le parole cadono dalle labbra come gocce d'acqua da una fontana vetusta. Il nome del locale è "Dea Libertà", è sotto l'influsso di questa ideologia che i cuori si scaldano e le menti si offuscano creando territori segnati dall'esigenza del momento. È necessario aggiungere che non esistono frontiere di razza o di ceto sociale. E il politico, come il vicino di casa o giocatore famoso, non ha nulla da temere. Non sarà riconosciuto! Il fumo che pervade l'ambiente offusca l'identità e ne fa perdere le tracce, perfino ai propri ideali e alla propria coscienza.

Don Vitellone faceva capolino nella capitale spesso e volentieri non certo per motivi religiosi. È vero che era in corso di recente una conferenza episcopale, ma lui non era nell'elenco degli invitati, ragion per cui non poté partecipare nemmeno da spettatore. A lui poco importavano le conferenze. Aveva altri propositi, altri progetti in mente. Se ne serviva per giustificare la sua frequente presenza a Roma.

La mattina seguente, testardo e curioso com'era, decise di andare in via della Conciliazione per confabulare con il custode della conferenza e informarsi sul tema teologico in agenda. Il pover'uomo non sapeva che rispondergli. Era seduto davanti a uno schermo su cui venivano proiettati gli interventi dei vari oratori. Don Vitellone era in procinto di lasciarlo quando sentì la voce di un oratore confratello che si scagliava con veemenza contro i frequentatori di un locale, che in gergo chiamava "l'ospizio".

Il presidente della commissione ecclesiale fu ancora molto più duro: "Questi soggetti hanno perso 'il ben dell'intelletto', come ci insegna il padre della lingua italiana. Scappano eternamente dalle fiamme del peccato per ritrovarsi in una giungla oscura dove il fumo acceca non solo gli occhi ma anche la coscienza. La droga non permette loro di uscire dal recinto in cui sono entrati. Il fuoco li brucerebbe, ma il fumo li stordisce."

Don Vitellone sgusciò fuori senza nemmeno salutare il custode. Era nervoso e non sapeva cosa fare. Camminò tutto il giorno senza una meta precisa e passò la notte dimenandosi tra le lenzuola. Era tentato di scoprire quel luogo infame in prima persona a dispetto degli anatemi che i suoi confratelli avevano lanciato contro il locale.

La sera seguente, don Vitellone si guardò allo specchio e disse: "Io non pecco di autofobia, ma non fuggo nemmeno dalle fiamme. Andrò lì a spegnerle. Questo posto, a quanto pare, sta causando una scossa tellurica sociale, etica, morale e spirituale che va fermata subito. Andrò io a evangelizzare tutti quei perduti. In questo modo, darò una lezione a quegli scettici di Cervinara che malignano contro di me."

Alle nove di sera, le insegne del locale già illuminavano vistosamente le strade circostanti. Erano di una grandezza anormale e si vedevano da lontano. La gente del vicinato si era lamentata con il comune di Roma per il traffico congestionato nelle ore serali e per paura che la droga dilagasse nelle loro strade. Il sindaco e la giunta comunale si prodigarono senza risparmio di energie per risolvere la cosa. Alla fine, si giunse a un accordo che spianò la strada a una 'pax viarum'. Le tasse del locale sarebbero lievitate leggermente in favore delle famiglie che vivevano negli edifici circostanti. Ovviamente il gestore del locale dovette provvedere a colmare la perdita con l'aumento del prezzo d'ingresso.

Don Vitellone si era preparato per lanciare anatemi contro il locale, ma appena giunto lì vide una decina di uomini corpulenti che facevano la guardia davanti all'ingresso. Una donna che abitava da quelle parti, dopo aver confabulato brevemente con lui, s'accorse delle sue intenzioni e lo avvisò: "Guardi don… quelli non scherzano."

Don Vitellone la guardò con sdegno.

La donna notò lo scetticismo del suo interlocutore e aggiunse: "La scorsa settimana un paio di persone hanno deciso di dare vita a una colluttazione. Sa com'è finita?"

Il prete scosse la testa in segno di noncuranza.
"Sono finiti nei bidoni alla sua destra."

Il prete rimase esterrefatto e indietreggiò fino al muro. "Ma dice sul serio, signora?"
"Io l'ho avvisata. Non vorrei che la prossima settimana debba recarmi alla mia parrocchia per farle dire una messa di requiem."

Un tremore intenso s'impadronì di lui e il suo corpo prese a vibrare come una sedia elettrica. La donna lo guardò terrorizzata. "Ma che fa? Mi sembra una lampadina consumata. Ora mi mette paura. Lei ha un carattere poco affidabile. Ora me ne vado. Lei dev'essere un tipo lunatico." Gli diede le spalle e se ne andò.

Il corpo del prete riacquistò la calma. Abbozzò un sorriso sornione, fece un mezzo inchino verso la donna in lontananza e si diresse verso la fermata dell'autobus.

Restato solo, don Vitellone rifletteva sui prossimi passi. La sua mente remava in tutte le direzioni, pertanto era difficile prendere una decisione. Un paio di donne gli strisciarono ai fianchi lasciando intorno a lui una scia di profumo inebriante. Lui inspirò profondamente quel profumo ed effettivamente si sentì inebriato. Le seguì con lo sguardo fino all'entrata del locale e pensò di continuare a seguirle per investigare l'ambiente che un oratore, durante la conferenza, aveva caratterizzato come 'osceno'.

Un'altra signorina con i vestiti succinti si fermò alla sua altezza e lo invitò ad accompagnarla. Il prete scosse la testa come se si fosse svegliato da un sogno.

"Andiamo, su, accompagnami."

"Ma io non posso…, io."

"Che c'è? Hai paura di entrare?"

Il prete si tirò indietro ancora perplesso per l'invito.

"Ma che c'è? Hai paura delle donne? O degli uomini?"

Quando s'accorse che l'interlocutore non rispondeva, pensò che fosse preda di una immotivata fobia che lo rendeva succube di deliri psicologici."

"Io… io sono un prete" rispose finalmente don Vitellone.

Per nulla disarmata, la giovane rispose: "Ebbe', i preti non sono uomini? Adesso capisco. Tu non hai mai conosciuto una donna. Sei vergine come ti ha fatto tua madre."

"Se io entrassi in quel luogo e la gente del mio paese lo sapesse, mi lincerebbe."

"Dev'essere un paese arretrato. Come si chiama?"

"Cervinara."

"Che nome strano! Mai sentito. E dov'è?"

"È situato alle falde della catena appenninica, a una ventina di chilometri da Caserta."

"Eh, non usare parole difficili ché io ho fatto solo la quarta elementare."

Il prete ignorò l'ultimo commento. "Temo che debba rinunciare al tuo invito."

La donna lo guardò stupefatta. "Guarda che c'è qualcosa che non va in te. Se non ti piacciono le donne, sei un omosessuale. Devi sapere che ai giorni nostri la gente non è più razzista. Dico bene?"

Lui assentì e lei continuò: "Tanto per aggiornarti, c'è una pescheria enorme dentro quel locale."

"Tu dici?" rispose il prete più confuso di prima.

"Senti, io non ti dico bugie."

"No, no, non ne dubito. Io, io..."

La giovane non gli permise di finire la frase. "Lì ci trovi pesci di tutti i colori, età e origini. E poi, er fumo te fa dimentica' de tutto."

"Ma, no!" esclamò lui stupito da quella rivelazione.

"Scommetto che non sei mai uscito de casa. Se vivi nelle montagne come a un pastore, ce credo."

"No, volevo dire che ho ragione io" si difese il prete.

"Su che cosa, scusa?"

"Dove c'è fumo c'è anche fuoco. Questa è la mia teoria."

La ragazza si stancò e rispose in modo adirato: "Ao', ma che sei matto! Ma che foco e foco! Lì se magna, se beve e se respira."

"Si respira, hai detto? Ecco, è quello che sospettavo" rispose il prete in tono trionfante.

"Se fuma a coca, pesce d'aprile. Ma tu sei davvero arretrato. Tu vivi sulla luna. Ma che me ne faccio di uno come te. Tu non sei buono a nulla. Se io ti sposassi, ti farei subito passa er quarto de luna in una settimana."

"Io voglio estinguere quel fuoco" la interruppe lui.

"Vuoi dire che vuoi spegne er foco? Eh, rimbambito, senza er foco la vita se ferma! Ma tu c'hai solo freddo dentro. Da come parli, tu sei raffreddato."

Don Vitellone si stropicciò gli occhi come per svegliarsi da un lungo letargo. La ragazza si stancò del tanto parlare a cui non era abituata. Lo prese per mano e lo trascinò con sé. Uno degli omaccioni che presiedevano la porta d'ingresso mise il braccio destro davanti a guisa di "altolà".

"Che c'è" domandò la ragazza, sorpresa da quell'improvvisa frenata.

"Fermi!"

"Eh!?" protestò la donna. "Se vuoi fermare qualcuno, ferma lui che è freddo."

"Appunto, questo merlo dove vuole andare? Sta lì da mezz'ora. Mi domando se è uno spacciatore di droga o un infermiere."

"Nessuno dei due" rispose la ragazza. "È semplicemente uno scemo."

"Ma voi siete marito e moglie?"

"Eh, eh, piano. Chi se lo sposa! Non sa nemmeno chi è."

La guardia non poté evitare una risata sonora e li lasciò passare. Arrivati nell'atrio, la ragazza lo strinse stretto a sé e gli sussurrò: "Adesso sei alle mie dipendenze. Seguimi come un cagnolino, altrimenti questi ti morderanno la coda." Poi lasciò la presa e aggiunse: "Io vado un minuto al bagno. Devo prepararmi perché con te non so come andrà a finire. Non ti muovere da qui altrimenti ti perdi? Ciao, un bacino." E sparì momentaneamente alla vista di don Vitellone.

Sopraffatto dalla curiosità il prete prese un seggiolino da un angolo e vi salì sopra per capire se gli poteva servire. No, era troppo basso. Diede una sbirciata in giro e scoprì una sedia di paglia nell'angolo opposto. La portò vicino a una finestrella che aveva notato sulla sua destra. Per fortuna c'era un telone che gli copriva quasi interamente le spalle. Salì sopra la sedia per farsi un'idea dell'interno del locale. Uno spettacolo degradante e nauseabondo si offrì ai suoi occhi: donne che fumavano in braccio a uomini nudi. Il fumo entrava nei polmoni e li anestetizzava. Poi usciva dalle narici come spinto da una forza motrice.

Muovendo lo sguardo più a sinistra, s'avvide di una testa d'uomo che dondolava avanti e indietro come se fosse un pendolo. Vicino a lui un anziano, completamente nudo, giocava a galoppo su di un suo coetaneo. Il fumo usciva dalla loro pelle come da una fornace ardente e li rendeva immuni al calore.

Il prete girò gli occhi alla sua destra e notò due donne che si scambiavano il fumo da bocca a bocca e giacché erano stordite, cadevano abbracciate su di un divano.

Don Vitellone osservava quelle scene allucinanti e scandalose di personaggi squallidi e privi di ogni buon senso civico oltre che morale; tuttavia, si sentiva rapito da quell'atmosfera cupa e tenebrosa caratterizzata dall'inabilità dei protagonisti di comunicare tra di loro con coerenza. In realtà non comunicavano. Il pensiero unico che aleggiava nelle loro menti sostituiva la libertà della parola. Quella lascivia e libertà di effusioni amorose proiettava idee contrastanti nella sua mente. Da una parte si sentiva terrorizzato perché gli ricordava un canto dell'inferno dantesco, ma non sapeva identificarlo. Dall'altra parte cercava di trovare un compromesso con la sua debolezza...

Aguzzò la vista ancor di più e credette di aver riconosciuto qualcuno. Con gli occhi spalancati e la bocca aperta dalla sorpresa mormorò: "Ma quello non è don Furbaccion? Certo che lo è! Guarda guarda con chi si è messo... con una giovane leggiadra. Che vergogna! Nel seminario sembrava un muto. Per farlo parlare bisognava tirargli le parole dalla bocca con la tenaglia. E ora? Parla con i gesti e usa le mani in continuazione. Quella ragazza gli cade tra le braccia come una pera secca e lui è estasiato. Chi l'avrebbe creduto!"

In quel momento, uno strano e imprevisto episodio occorse. Come se avesse letto il pensiero di don Vitellone, il suo confratello violò per alcuni secondi il "silentium" e disse: "Fumus persecutionis". Prese una breve pausa e continuò coprendosi il volto con una mano: "Hic in incognito sumus." Don Vitellone rispose: "Et nos tibi amamus." Il suo confratello abbozzò un sorriso e si mise di nuovo all'opera.

Chiuse gli occhi per qualche secondo per concentrarsi. La bocca era asciutta. Voleva bere un sorso d'acqua, ma non voleva nemmeno perdersi quello spettacolo. Si affacciò di nuovo dalla finestra e vide scene ripugnanti, peccati contro natura, gente perversa che aveva perso ogni senso del pudore.

Sembravano foglie sbattute dal vento a destra e a manca, uomini che avevano perso il senso dell'umanità. Era l'apoteosi del degrado morale. Gente che si era condannata all'ergastolo eterno!

Don Vitellone, che pur era uomo di mondo, non aveva mai visto in vita sua un crollo morale così devastante. Quella marea di gente senza controllo gli suggeriva l'immagine della schiuma che s'infrange sugli scogli. Se prima aveva legittimato la sua partecipazione a una semplice passerella, stavolta era rimasto davvero turbato. "Nemmeno le scene michelangiolesche del Giudizio Universale sono paragonabili a queste" disse tra sé.

Il seggiolino che aveva scelto all'inizio era basso e non gli garantiva sicurezza perché era angusto e nemmeno la sedia di paglia gli offriva maggiore sicurezza, ma resistette. Ritornò a dare uno sguardo al suo vecchio amico don Furbacchion che si trovava con i piedi in alto e la testa dentro il seno della ragazza. Intanto la paglia incominciava a scricchiolare e a cedere sotto il peso di quell'enorme mole di carne. Il piede si impigliò nella paglia. Non riuscì più a reprimere il suo impulso e gridò attraverso la finestrella, "Fuoco, fuoco!" Poi la sedia cedette, perse l'equilibrio e sprofondò su di essa cadendo pesantemente all'indietro.

Quel grido tanto funesto e improvviso, ma che nessuno si era mai sognato di sentire in quell'ambiente, incendiò quelle menti ammorbidite dal fumo. Dal boato della caduta scaturì un parapiglia, un caos indescrivibile. Alcuni si aggrappavano alle sedie per reggersi. Non riuscivano a mantenere una posizione eretta. Le gambe erano deboli. Brancolavano nel buio della nebbia nefasta del fumo. Le luci dei riflettori si accesero per diradare la foschia che appannava la vista. Ma a poco a poco si diressero verso l'uscita come un branco di bestie. Altri si vestivano più in fretta possibile per guadagnare la via d'uscita e rimanere ignoti prima che la polizia o qualche giornalista arrivasse sulla scena.

Si sentivano dappertutto grida di angoscia, di dolore, di disperazione. "Fuoco, fuoco!" gridò di nuovo don Vitellone. E tutti a correre a perdifiato. E loro stessi presi dalla paura accompagnavano quel grido con "corri di qua. Scappa di là. Vieni qui, aiuto, aiuto, affogo nel fumo." Molti di loro nella foga di scappare si urtavano l'uno con l'altro e cadevano a terra come birilli formando masse di corpi doloranti che esalavano gli infimi respiri che gli rimanevano, e piangevano incapaci di pensare razionalmente. Era un quadro composto da squallidi personaggi privi di buon senso, di pudicizia e di rispetto alla propria persona. L'universo maschile non era in grado di aiutare quello femminile. Viaggiavano tutti nella stessa melma. Tutt'intorno regnava un caos apocalittico.

Gli addetti si prodigarono alacremente per calmare la folla. Si precipitarono all'interno per aprire le porte e far uscire il fumo che annebbiava la vista e gli occhi. Il direttore afferrò l'altoparlante e gridò: "Non aprite le porte! L'ossigeno dell'aria alimenta le fiamme."

Gli addetti alla manutenzione eseguirono subito gli ordini. La visione migliorò. Ispezionarono l'interno del locale, ma non c'era traccia di fuoco. Inviarono un messaggio alla direzione, dopodiché tutti si adoperarono a riportare la calma. Purtroppo era impossibile frenare quella marea umana fragile nel corpo e nella mente.

Un buttafuori alzò lo sguardo verso la finestrella e si accorse che don Vitellone giaceva al suolo impigliato con una gamba nella sedia di paglia. Sospettò subito che fosse stato lui a inscenare quel pandemonio. Con l'aiuto di un collega lo liberarono dalla sedia, lo presero da dietro e lo sollevarono in aria. Uno dei due gli diede una spinta enorme e lo scaraventò fuori. "Brutto scemunito! Non volevi pagare il biglietto, eh? La prossima volta, anziché finire in strada, andrai direttamente all'ospedale se sarai fortunato, altrimenti troverai un posto in un sacco di plastica dentro il bidone."

Don Vitellone sbatté con la testa contro la porta d'ingresso e rotolò come una botte lungo la strada. Il suo corpo si fermò, per inerzia, in una pozzanghera. Si sentiva le ossa rotte e gemeva dal dolore.

Intanto il frastuono aveva allarmato la ragazza che uscì di fretta dal bagno. Nel vedere quelle immagini di disperati, rimase allibita. Cercò invano il suo accompagnatore che era sparito alla vista. Un buttafuori si avvicinò e le disse: "Cerca il suo fidanzato? È fuori. Per poco non gli ho rotto le costole."

"Ma che è successo?" domandò lei ancora mezza stordita dagli eventi.

"Voleva entrare senza acquistare il biglietto. L'ho colto in flagrante e l'ho fatto volare come Icaro."

La ragazza sembrava essere in un limbo e aveva l'aria di chi è in completa confusione. Aspettava, pertanto, una spiegazione più dettagliata.

Le venne in aiuto un collega del precedente buttafuori. "Veramente il suo amico ha cominciato a urlare come un forsennato 'Fuoco! Fuoco!', causando un pandemonio e noi lo abbiamo malmenato."
"Oh, no!" esclamò la ragazza intimorita dalle conseguenze. "E ora ho perso il mio pesce d'aprile." Si affannò a uscire tra la moltitudine e si mise in cerca dell'uomo. Purtroppo, del suo amico d'avventura non trovò alcuna traccia. "Oh no," esclamò con rammarico, "e ora che faccio? Speravo che fosse la volta buona per me e invece…"

Il locale era come esploso e le scorie erano visibili dappertutto. Le sirene delle ambulanze e dei vigili del fuoco risuonavano all'impazzata. Le macchine si fermavano ai bordi delle strade per dare loro la precedenza. Si aggiunsero le sirene della polizia che si spiegavano a tutto volume e laceravano l'aria. L'arrivo di tutti quei mezzi dovette incutere terrore in don Vitellone, il quale, per il timore di essersi rotto qualche costola e per il terrore di passare qualche settimana dietro le sbarre, cominciò a piangere. Con uno sforzo supremo si alzò pian piano e si allontanò barcollando senza una precisa destinazione. Di tanto in tanto si voltava per assicurarsi che nessuno lo seguisse. Arrivato all'angolo della strada, affranto dal dolore e dalla stanchezza, si accasciò al suolo.

Mancava il chiarore della luna quella sera. La fioca illuminazione dei fanali non era sufficiente a migliorare notevolmente la visione e le strade rimanevano semibuie. Solo i fasci intensi di luce che i veicoli sprigionavano con intermittenza al loro passaggio offrivano un chiarore fulmineo negli spazi oscuri. All'arrivo della polizia, il direttore del locale spiegò succintamente al capitano che un uomo poco assennato aveva sparso un falso allarme tra i clienti i quali, in preda al panico, si erano associati al provocatore al grido di "Fuoco! Fuoco!"

In quel momento, arrivò ansante il proprietario del locale il quale ammise mestamente che i danni causati all'azienda erano ingenti. Due soci, addetti al servizio di sorveglianza, chiesero che si facesse giustizia immediata e invocarono un indennizzo per il danno ricevuto. La notizia del disastro fu trasmessa via radio ad altri reparti della polizia che si diedero a una caccia spietata nei confronti di colui che aveva inscenato un allarme rivelatosi disastroso.

Quella sera Primavera era uscita per fare spesa. La mattina seguente sarebbe tornata a Cervinara per le vacanza natalizie. Voleva premunirsi con regali natalizi per i genitori e qualche amica. Passeggiando in zona, si avvide di un uomo che si dimenava contro un muro. Mosso a pietà, parcheggiò l'auto e si diresse con estrema cautela verso lo sconosciuto.

Il cielo era scuro e le prime gocce d'acqua scendevano sulla terra. Lei alzò lo sguardo verso l'alto per scrutare le intenzioni del tempo. Solo alcune stelle apparivano sotto la volta celeste, ma tremavano e lei si domandò che linguaggio stessero parlando. O forse avevano vergogna di parlare.

Dall'angolo della strada si udivano solo gemiti. Nessun passante si avventurava a piedi in quella zona. Primavera estrasse una torcia dalla tasca e l'accese. Sotto il chiarore della luce riconobbe il povero disgraziato ed emise una esclamazione di terrore: "Don Vitellone, siete voi? Come state? Che è successo?"

Il prete non rispondeva. Sentiva dolori lancinanti dappertutto. Si sdraiò sul selciato per rilassarsi un poco. Il corpo non faceva sconti. Gli sfuggirono grida di dolore. Lei cercò di calmarlo, di consolarlo, di rianimarlo. Al principio il prete temeva di trovarsi in presenza della polizia che era venuto per arrestarlo. Appena riconobbe chi gli stava prestando aiuto si sentì rassicurato e rianimato. La guardò con gratitudine e la ringraziò per quella visita inaspettata e miracolosa. La richiesta di Primavera di spiegarle l'accaduto non ebbe esito positivo. Lui borbottò qualche parola incomprensibile e si alzò con l'assistenza di lei. "Oh povero me, povera la mia parrocchia, poveri agnellini miei. Chissà cosa penseranno della mia assenza, motivata per me ma immotivata per loro." "Ma che state dicendo?" lo implorò la ragazza.

Lui preferì tacere.

Le macchine della polizia stavano rastrellando l'abitato palmo per palmo; qualcuna scivolava sulle pietre levigate della strada ad alta velocità, diretta fortunatamente verso località lontane.

Una donna anziana dalla finestra della sua stanza aveva visto don Vitellone e aveva contattato le autorità. Da un momento all'altro la polizia sarebbe arrivata e lo avrebbe braccato. Primavera lo capì. Non c'era più tempo da perdere. Bisognava agire in fretta. Prese per un braccio il prete e lo aiutò a percorrere il breve tratto che li separava dall'auto... Zoppicando e con l'assistenza di lei, raggiunse la vettura appena in tempo. Una camionetta della polizia presto si fermò in quel luogo, ma non trovò anima viva. Essendo in due, i fuggiaschi non destarono sospetti al posto di blocco. Primavera aveva messo il suo cappello in testa al suo compagno di viaggio perché non fosse riconosciuto facilmente.

Mezz'ora più tardi, Primavera aprì la camera dell'albergo dove alloggiava il prete. Raccolse i panni nella valigetta, lasciò la chiave sulla scrivania e salì In fretta. Cinque minuti dopo, due agenti di polizia arrivarono all'hotel. Le loro ricerche risultarono vane. La macchina di Primavera già aveva guadagnato l'asfalto dell'autostrada.

Si viaggiava che era notte inoltrata. Esisteva la possibilità che in qualunque momento i carabinieri fermassero la vettura e indagassero sulle generalità degli occupanti. Durante il tragitto verso Cervinara, i piagnistei di don Vitellone erano diventati una musica monotona per le orecchie di Primavera. I dolori alle costole erano continui e venivano mitigati, parzialmente, dalla certezza di essere scampato a una punizione molto più dura e di carattere socio-religioso. Era sfuggito da una situazione che gli avrebbe potuto costare il risarcimento ingente dei danni materiali al locale e una severa punizione giuridica, oltre a una pena del palazzo vescovile.

"Ma si può sapere cosa vi è successo?" gli chiese Primavera mentre la vettura scivolava sull'asfalto a notevole velocità.

"Figlia mia, la storia è lunga."

"Bene, cercate di sintetizzare."

"Come si può", si schermì lui. "Sono successe cose dell'altro mondo."

"Non vi preoccupate dell'altro mondo. Pensate a questo per ora" lo redarguì la ragazza.

"Ma come? Tu non sei credente?"

"E perché dovrei esserlo?"

"Oh, Santa Elisabetta benedetta, tra poco cado da questo letto" si lamentò il prete. "Non ci posso credere. Sto viaggiando con una miscredente."

"Se volete, vi lascio a terra. Se la mia compagnia vi spaventa..."

"No, no, per carità," la incalzò il prete, "è stata solo una battuta."

"Allora siete disposto ad aprire il vaso di Pandora?" replicò la ragazza.

"Oh mamma del mio onore, questa ragazza mi fa venire un infarto al cuore."

"Io? E che c'entro io in tutta questa faccenda?"

"Come fai a non credere, figlia mia. Io potrei giacere in una prigione fredda, tetra e oscura. Potrei versare in condizioni disperate in un letto dell'ospedale o potrei addirittura dormire il sonno eterno nel nostro amato cimitero... Siano lodate Santa Crisantema e Santa Violetta che mi hanno fatto il miracolo."

"Ah sì? Bene, se non fossi passata io per quella strada e non vi avessi soccorso, la vostra profezia si sarebbe avverata. Lasciate perdere i santi dei fiori e i miracoli."

"Mamma mia, non bestemmiare. Ti prego."

"Don Vitellone, non uscite fuori binario. Io ho fatto una domanda e voi non avete ancora risposto" disse lei in tono indispettito.

Sospirò a lungo il prete. Si mise la mano sul petto e bisbigliò: "Ho visto il fuoco."

"Parlate più ad alta voce" lo incitò lei.

Dopo una lunga pausa, ripeté: "Ho visto il fuoco, il fuoco della dannazione eterna."

"Ma che cavolo state dicendo? Non esiste il fuoco eterno. C'è solo quello temporale."

"Tu dici? E quello che ho visto nella casa della 'Dea Libertà' che cosa era? Immaginazione?"

"Dite che una casa è andata in fiamme? Vicino dove vi ho trovato io?"

"Sì, verissimo."

"Innanzitutto io non ho visto palazzi in fiamme né ho sentito odore di bruciato."

"Hai ragione. L'ho sentito io il bruciore. È ancora qui che mi brucia la gola. Tu sei scettica perché non eri presente."

"Se voi siete stato, a vostro dire, l'unico testimone dell'incendio perché siete scappato? Perché non avete assistito i feriti? Voi che siete un prete. È così che amate il prossimo vostro?" lo provocò lei.

"Senti, senti, cosa dice. Io non ero in condizione di aiutare me stesso, come potevo aiutare gli altri? Mi hanno tartassato di botte. Non ti ricordi che sembravo un uomo appena uscito da un ambulatorio?" Il buon prete abbassò il tono della voce e aggiunse: "Anche se non mi avessero pestato come carne macinata, io mica rimanevo lì a bruciarmi. Non sono demente."

"Allora adesso siamo nel confessionale. Volete dire che siete ustionato?"

"Ma la senti questa ragazza? Mi devo confessare con lei, con un'atea. Siamo al colmo." Si fermò per prendere fiato. "Per quanto concerne le ustioni, per poco non mi sono bruciato il corpo e l'anima."

Primavera scoppiò a ridere. "Voi raccontate frottole."

"E tu sei l'opposto di tua madre. Non credi a niente."

Lei lo guardò di sbieco, ma non rispose. Seguì una lunga pausa. Alla fine gli disse: "Don Vitellone, ma voi credete ancora alle favole?" Il prete ebbe uno scatto d'orgoglio e drizzò la schiena sul sedile. "Questo non me lo puoi imputare. C'è un detto latino, 'nil satis, nisi optimum'."

"Fantastico! Volete dire che il meglio che posso avere consiste nel godermi la vita."

Sbuffò il prete. "Oggi sono cambiati i valori. I valori prevalenti sono il successo, il potere e il denaro."

"E che c'è di male?" protestò la ragazza.

"Attenzione!" l'ammonì il prelato. "Con quei valori ci si può lasciare l'anima come in quel locale di Roma. Il mondo sta cambiando troppo in fretta, ha detto il Papa."

"Ma voi credete ancora in quello che dice?"

"E perché non dovrei?"

"Nostradamus profetizzò che il Papa nero avrebbe portato il cattolicesimo alla asimmetria e alla confusione oltre che allo sfascio. Lo dico per il vostro bene. Non ha diritto di rivoluzionare tanto la vostra fede. Invece di rafforzarla, lui apre nuovi focolai di dialogo. La gente mastica amaro. Se i fedeli sono disorientati è perché vedono in lui molta confusione e un relativismo a doppio taglio."

"Ma non è vero! Gli ignoranti non interpretano bene le sue profezie."

"Ah no? Allora vi leggo ciò che disse. 'In persecutione extrema Sanctae Romanae Ecclesiae sedebit Petrus Romanus, qui pascit ovis in multibus tribulationibus quibus transactis civitas septicollis diruetur et judex tremendous iudicabit populuum suum. Finis.' È giunto il momento di fare una scelta tra la Teologia della Liberazione, la Pacha Mama e la sommessa collaborazione con i musulmani."

"Ora volete dettare i contenuti e i tempi al Santo Padre. Tutti invocano la libertà per loro stessi ma non per il Papa. Eppure quando arriva tutti la combattono."

Primavera scosse la testa. "Siete ottusi di mente. Se arrivano i musulmani, voi perderete la libertà. Non si può negare l'orientamento plateale del vicario di Cristo verso i maomettani. E poi guardate le ingerenze nella politica italiana che solo la sinistra condanna mentre una volta erano i nemici. È desolante vedere che la chiesa butta in mare duemila anni di storia."

"Non sputare panzane" sbottò il prete.

"No!" replicò la ragazza stizzita. "Il vostro Francesco sta predicando una religione di abbandono, di secolarismo, lasciando la spiritualità dietro le spalle. Non s'interessa del dialogo tra il cielo e la terra, tra il divino e l'umano. Non avete letto il dissidio tra lui e il cardinale africano Sarah? Avete letto il libro 'Dal profondo del nostro cuore' in francese? Il Papa emerito Ratzinger ha cooperato, ha simpatizzato con il cardinale, ma all'ultimo momento ha chiesto di ritirare la sua firma dal libro."

"Ci sono sempre stati i dissidi all'interno della chiesa come in qualsiasi altra istituzione. Prima si tacciava la chiesa di staticità, d'immobilismo. Poi venne l'ecumenismo di Giovanni XXIII. Ora i fedeli disdegnano anche quella svolta epocale. Adesso arriva il dialogo con i musulmani e criticate il Papa di collaborazione distruttiva. Ma sapete essere coerenti?

Anche con i migranti siete sempre a vociferare. L'atteggiamento del Papa è semplice. Il fenomeno della migrazione non si risolve erigendo muri o bloccando i porti, ma con una politica estera capace di sviluppare l'economia locale."

"Questa sì che è un'ottima politica! Ma badate che dietro alle ong si nascondono poteri forti!"

Erano giunti al casello di Napoli. Si respirava aria di casa. Quelle terre infondevano nuovo vigore, gioia, spensieratezza. La mano di don Vitellone scivolò involontariamente sulla gamba della ragazza. Lei lo guardò di sbieco.

"Non ci provate."

"No, ti sbagli. Volevo solo rilassare il braccio."

"Tenetelo sotto controllo."

Don Vitellone cambiò discorso e chiese cosa fosse successo a quel ragazzo che si chiamava Cyrus. Primavera non rispose. Abbassò leggermente la testa. Il silenzio non piacque al prete che fece una smorfia di disappunto. Lui era al corrente di tutto. Le comari della vicina chiesa gli riferivano le notizie del giorno con dovizia di particolari. Nell'immaginario collettivo, Primavera aveva una lunga lista di presunti fidanzati, cortigiani e sognatori. Chissà che cosa avrebbero fatto pur di assicurarsi un appuntamento con lei.

Dovunque passasse o si fermasse, iniziavano i sussurri, i bisbigli, i sogni inappagati. E non si trattava nemmeno di giovani provenienti da un basso o medio ceto sociale. La maggior parte di loro provenivano da famiglie agiate, gente ricca o professionalmente ben assestata. Un giovane particolarmente invaghito di lei studiava medicina e i suoi genitori erano ambedue dottori. Un altro di un paese vicino, Battipaglia, era studente di giurisprudenza e suo padre era giudice della Suprema Corte. Infine, un altro era figlio di un noto politico… Tutti le mandavano regali per accattivarsi prima la sua simpatia e poi il suo amore. Insomma, avrebbero fatto pazzie pur di passeggiare al fianco di lei nelle strade maestre del paese. Un paio di loro si erano assicurati l'appoggio di alcuni vicini di lei in via Cupa, promettendogli dei lauti compensi in cambio di un suo assenso a uscire insieme.

La madre la riteneva ancora immatura per immergersi in relazioni serie ma non per questo le proibiva di vivere una vita sociale normale. La donna sembrava l'immagine di un'aquila che dall'alto di un albero o dalla cima di una roccia spalancasse le ali e vigilasse sui piccini e su tutta la vita circostante.

Primavera era una ragazza tosta. Sapeva il fatto suo e si difendeva bene anche da don Vitellone. Lo rispettava ma quando si trattava di rispondergli per le rime non indietreggiava. Dopotutto, era stata lei la sua salvatrice. Anzi, era lei che manteneva il monopolio sulla sua vita. In qualunque momento, avrebbe potuto denunciarlo alla polizia come l'artefice di quel subbuglio nel locale di Roma dove alla fine risultarono molti feriti e danni finanziari arrecati al gestore del locale. Infatti, il giorno seguente tutte le testate dei giornali riportarono a grandi titoli come un uomo, poco raccomandabile e con il suo folle gesto, aveva provocato contusioni, abrasioni e ferite ad alcune persone che furono ricoverate al Pronto Soccorso. Inoltre, aveva messo a repentaglio la vita di un centinaio di clienti nel locale più famoso di Roma e causato ingenti danni finanziari e all'immagine del proprietario.

Intanto i due viaggiatori continuavano la corsa verso la loro destinazione. All'entrata del bivio di Caserta Sud, campeggiava un cartello vistoso con una ragazza in bikini che, evidentemente, pubblicizzava indumenti intimi.

All'improvviso il prete gridò: "Fuoco! Fuoco!" Primavera, atterrita da quell'allarme che lacerò l'aria come un lampo, frenò immediatamente. La vettura girò su se stessa tre o quattro volte e finì nel canale ai margini della strada. Si adagiò su di un fianco e sussultò fino a quando Primavera non spense il motore. La cintura di sicurezza salvò ambedue gli occupanti da ferite gravi o da una possibile morte, ma non evitò che il prete urtasse con la testa contro la portiera. "La testa, oh la testa, il fianco, la mascella! Aiuto!" gridava in preda a un evidente delirio.

Primavera stessa mostrava segni di confusione mentale e di abrasioni alle mani, quindi non era in condizione di soccorrere il malcapitato compagno di viaggio. Le poche parole che uscivano dalla sua bocca erano frammentarie e incoerenti. Per un po' di tempo pensò al peggio. Con il passare dei minuti riacquistò la lucidità mentale e, adirata com'era e nella sua posizione inclinata, esclamò: "Don Vitellone, voi siete impazzito! State delirando!"

"Oh, mi fa male il biberon," e si toccò l'ombelico.

Lei lo guardò con disprezzo. "Ma vi siete scemunito? Qui non ci sono infanti."

"Oh, mi fa male il baccalà. Povero me, povera la mia parrocchia. Non potrò servirla adeguatamente per molto tempo."

"Che bello non avervi tra i piedi!"

"Ma che dici, bambinella? Tutti mi amano; tutti mi cercano."

"Anche la polizia che sta' bussando al finestrino."

"Documenti, prego."

Lei aprì un poco il finestrino e rispose in tono sprezzante: "Ma, siete rimbambiti anche voi? Non vedete che questo è pieno di dolori. È incapace di muovere gli arti."

"Oh, Gesù, Giuseppe e Maria, proteggete l'anima mia," insistette l'altro passeggero.

"Lo sentite? Questo è un prete e sta pregando nel suo dolore."

Il poliziotto fece un segno con le dita sul cappello in segno di rispetto e si ritirò. Raggiunta la sua camionetta, prese il telefono e richiese l'intervento di un mezzo pesante per rimorchiare la vettura sulla strada.

Il tempestivo arrivo della polizia e dell'automezzo d'emergenza riportarono la vettura sul manto stradale. Il prete continuava fissando il tabellone pubblicitario con la ragazza in bikini. Primavera lo guardò e sbottò: "Ora capisco. Quello è il fuoco a cui alludevate. È lo stesso fuoco di quel locale di Roma che ha terrorizzato un intero locale? Voi avete bisogno di cure!" La scena era diventata divertente e meglio per loro che gli agenti di polizia non sentirono niente perché Primavera aveva coperto la bocca con la mano mentre interloquiva con il suo compagno di viaggio.

Compiuto il lavoro di ripescaggio, l'autista presentò il conto a Primavera che pagò con una carta di credito e si accomiatò da lui e dalla polizia.

I due rientrarono nella vettura che, fortunatamente, non aveva subito serie conseguenze e ripresero il viaggio per Cervinara.

La nebbia della notte si stava diradando mentre il chiarore di un nuovo giorno si faceva lentamente strada tra le boscaglie che fiancheggiavano i paesini. Quella vegetazione rigogliosa ai piedi delle colline lasciava trapelare, attraverso il finestrino socchiuso, i profumi di una terra che si apprestava a svegliarsi. La brezza fredda mattutina faceva fatica ad abbandonare i ruderi di un castello medievale appollaiato sul cucuzzolo di una montagna e conferiva al paesaggio uno spettacolo unico della natura. Era lo stesso castello che faceva da faro per coloro che si addentravano nel cuore della montagna senza dimestichezza dei luoghi. Quelle maestose chiome degli alberi respiravano dal profondo dei loro cuori ossigeno puro e fresco. Inoltre, esercitavano un potere misterioso su Primavera e la facevano sognare a occhi aperti.

Man mano che si allontanavano, la vettura sfrecciò davanti a un sobborgo seminascosto tra alberi alti e dimenticato dal tempo in tutta la sua affascinante diversità. Primavera era incantata da quel panorama mozzafiato. Scrutava i viottoli che scendevano serpeggiando dalle montagne e fiancheggiavano l'autostrada. Il suo sguardo e la sua ammirazione si soffermarono sui fiumicelli che le piogge e le erosioni avevano disegnato con mirabilia maestosa suggerendo allo sguardo del passeggero il legame strettissimo tra la civiltà e le acque.

Primavera era visibilmente esausta per le vicende della nottata precedente e per aver perso preziose ore di sonno. Gli occhi si socchiudevano a volte ma l'avvicinarsi al suo paese natio e il profumo di quelle terre le rinnovavano le energie. Le lamentele di don Vitellone stavano scemando fino a diventare sporadiche. Accusava oscuri poteri demoniaci che non gli avevano permesso di schiacciare un pisolino.

"Ringraziate il vostro Dio che non vi abbia fatto morire sotto la vettura. Io non riesco a concepire come una persona intelligente come voi si lasci trasportare dal panico alla vista di
una ragazza in bikini o di alcune immagini effusive di coppie nella 'Dea Libertà'."

La rievocazione dell'incidente del "fuoco" lo scosse dai suoi lamenti. "No, io ribadisco per l'ennesima volta e con autorevolezza che non sono stato succube di alcuna nudità femminile."

Erano giunti alle porte di Cervinara. La studentessa universitaria si voltò di scatto verso di lui e proruppe in una risata prolungata. "Ma a voi non piacciono le donne. Se è vero, perché non mi avete avvisato prima. Forse quel fuoco femminile è solo un pretesto per mascherare la vostra inclinazione omosessuale o impotenza. Perché mi avete fatto attendere tutto questo tempo?"
"Ma che dici, figlia mia! Questa è una interpretazione personale che non riflette la realtà e che non merita alcuna risposta."
"E se voi steste mentendo?"
"Ma abbi pazienza, piccina mia!" cercò di difendersi disperatamente il chierico.
"La vostra è una obiezione politicamente corretta. Se volete convincere voi stesso, ci siete riuscito. Intanto a Roma io ci stavo rimettendo la pelle per questa vostra inclinazione sessuale. Il prete rimase assorto nei suoi pensieri e decise che era meglio indulgere in piagnistei che rispondere alle provocazioni.

Cervinara si stava svegliando da un sonno profondo. Già si sentiva il latrare dei cani e i contadini si avviavano alle fatiche del nuovo giorno. Sullo sfondo, da dove sorge il sole, si stagliavano le antiche vestige del "castello", memore degli sfarzi di una nobiltà ingoiati dal tempo da secoli. Alla destra non si poteva evitare la vista di una gola profonda, opera straordinaria della natura, che spacca quasi a metà la montagna dalla cui cima, la Piena dei Lauri, si può ammirare il Golfo di Napoli e il Vesuvio, dimora del dio del fuoco. Primavera l'aveva visitato qualche anno prima durante uno "sfogo" molto breve del cratere. Le sembrava ancora di sentire sotto i suoi piedi lo sfrigolio delle pietre roventi.

La vettura si fermò davanti alla rettoria della chiesa di Santa Onestà. Il prete uscì malconcio dall'abitacolo e si riprese la borsa. Un sorriso sornione sfiorò le labbra di Primavera. "Scommetto di sapere ciò che nascondete in quella borsa."

Il prete capì l'antifona: "Ma no, a che pensi? Confessati per il Natale!"

"Io?" rispose lei puntando l'indice verso il petto.

Don Vitellone scosse la testa e si ritirò dondolando con il suo corpo verso la rettoria. Primavera lo seguiva con lo sguardo. Lui prima di aprire la porta si volse indietro e le disse: "Mi raccomando! Che il fuoco di Roma resti tra di noi."

Primavera abbozzò un mezzo sorriso e annuì.

Nella casa dirimpetto si vedeva la sagoma del direttore. Si era appena alzato ed era andato in cucina per preparare il caffè. Il rumore di un motore sotto casa aveva destato la sua attenzione. Con la faccia contro il vetro della finestra osservava attentamente le varie fasi della conversazione.

Appena la ragazza partì, il direttore si affrettò a tornare in camera da letto. Svegliò la moglie dal sonno scuotendola con un braccio. "Che c'è? È già pronto il caffè?", si stropicciò gli occhi. "Aspetta, ora mi alzo."

"No, no, non devi adesso. Ti volevo dare una notizia."

"Dai. Dimmi."

"Ho visto don Vitellone scendere dalla macchina di Primavera."

"Oh", rispose la moglie fuori di sé. "A quest'ora? Dov'è stato tutta la settimana?"

"Me lo domando anch'io."

"Hai detto con Primavera? Sei sicuro?"

"Eh, ci vedo bene."

"Non dirlo al figlio dell'avvocato. Tu sai che ha messo gli occhi su di lei."

"Sei scema? Io vado a dargli questa notizia?"

"Da quanto tempo sono arrivati?"

"Proprio adesso. L'aspetto più esaltante è che il parroco barcollava quasi mentre rientrava in rettoria. I passi erano incerti e procedeva con la massima cautela."

"Eh, questa storia si tinge di giallo."

"Dagli il colore che vuoi. Io l'ho vista così."

"Oh, santa Elisabetta benedetta, ora cado dal letto!"

Il direttore cominciò a ridere.

Lei aggiunse: "Non ridere. Queste sono cose serie."

"Vuoi che pianga?"

La moglie non gli prestò attenzione. "Non riesco più a dormire. Dammi una mano. Anzi, prendimi prima quella vestaglia."

La madre di Primavera aveva trascorso una notte insonne. Aspettava l'arrivo della figlia a occhi aperti. Ai primi albori, già era in cucina a preparare la colazione.

Il campanello suonò, la madre lasciò tutto e si precipitò giù per le scale ad abbracciare la figlia. "Tesoro, è da ieri sera che ti aspetto. Perché hai viaggiato durante la notte? Sono stata preoccupata per tutto questo tempo!"

La figlia scosse la testa.

"Vieni, amore. Mi racconterai tutto dopo aver fatto una buona colazione ed esserti fatta una doccia calda."

"Innanzitutto vorrei dormire," rispose la figlia alquanto stanca per le peripezie trascorse.

"Fai pure come credi, mia cara, prima però mi vuoi spiegare cosa ti è successo? Ti ho rivolto una domanda elementare, logica e comprensibile."

"Sì, è stato quel signore di don Vitellone che ha sconvolto tutti i miei piani."

"Scusami, ma che c'entra lui?"

"Mamma, gli ho promesso di mantenere il segreto."

"Il segreto?" mormorò la madre con il fiato spento. "Che non sia anche lui coinvolto in qualche scandalo? Sarebbe la fine del cattolicesimo. Oppure è successo qualcosa di strano tra voi due?"

La figlia la guardò con aria infastidita. "Eh, hai colto proprio nel segno. È accaduto qualcosa tra noi due."

A quelle parole la madre si allarmò. Gli occhi si sgranarono fuori dalle orbite e la lingua le uscì dalla bocca. Si mise la testa tra le mani e sospirò: "Tu mi fai morire con questo atteggiamento enigmatico. Non ce la faccio più. Mi sta venendo un attacco cardiaco."

"Mamma, stai calma! A cosa stai pensando? Tu hai una fertile immaginazione."

"Allora?" si apprestò a rispondere la madre alquanto rinfrancata dalle parole rassicuranti della figlia.

"Mamma, ma se il Papa ha detto che la fede non costituisce il presupposto ovvio di un vivere comune, come fate a seguirlo ancora, con tutto il rispetto. La fede cristiana sprigiona una spiritualità, una morale, un bene che sono comuni a tutti. Con l'ingresso dell'ecumenismo di Giovanni XXIII e con il soggiogamento all'islamismo state assistendo impotenti alla nemesi del cattolicesimo. Per quel poco che so, non si è mai verificata una voragine così incolmabile tra la gerarchia ecclesiastica e i fedeli."

"Se è per questo, è evidente che anche il paese sta andando a sfascio."

"Per la ricostruzione dell'Italia, c'è bisogno di un rinnovamento epocale di tutte le forze spirituali, morali e politiche. Mamma, c'è bisogno di una oculata scelta della guida, altrimenti la nostra patria soccomberà alle ambizioni di qualche esaltato diffusore di ideologie contrarie ai desideri del popolo."

La madre l'ascoltava con attenzione. Le sembrava strano che la figlia si allontanasse dal tema iniziale. Infatti, la figlia raramente aveva espresso una critica ideologica di uno spessore così intenso. Eppure qualcosa era accaduto per causare una tale distanza dalla chiesa madre. Voleva riportare sua figlia all'ovile, ma si era accorta che era troppo tardi. E così tentò l'ultima carta. "Vedi, figlia mia, questi smarrimenti non accadono solo in Italia. Anche negli altri paesi si verificano contraddizioni spirituali e comportamenti poco onorevoli. Non si può nascondere che c'è una certa mancanza di retto adempimento ai valori da parte dei fedeli e delle loro guide."

"Mamma, ascolta. Le virtù sono in sciopero e non so quando torneranno, se torneranno. Tutti si stanno allontanando dalla centralità degli insegnamenti cristiani con conseguente disorientamento generale. Per usare termini in voga, si sta affermando un globalismo materiale e spirituale. I valori di oggi sono il successo, i soldi e il potere. I risultati sono sotto gli occhi di tutti. Abbiamo tradito i nostri valori e ne stiamo pagando le conseguenze con l'immigrazione caotica di massa, l'avvicinamento all'Islam e l'asservimento alla minoranza."

Seguì un lungo silenzio da ambedue le parti. La madre sembrava assorta in una profonda riflessione. La figlia la guardò con tenerezza. "La chiesa ha bisogno di un risveglio radicale che vi riporti alle radici, alle autentiche originalità spirituali del Nuovo Testamento. Solo questa mossa potrà essere l'ancora della vostra salvezza. Non credi?"

La madre continuava nel suo silenzio assordante. La figlia cercò di scuoterla: "Allora?"

La madre alzò lentamente la testa fino a raggiungere una posizione eretta, rigida. "Adesso comprendo" mormorò.

"Che cosa?" la incalzò la ragazza accennando a un leggero sorriso.

"Adesso capisco perché mi hai condotto fin qui con questa lunga analisi religiosa. Mi hai preso per mano per farmi comprendere che don Vitellone sarà coinvolto in uno scandalo. Tu hai promesso di tacere e stai mantenendo la parola. E fai bene."

"Mamma!" protestò la figlia. "Io ho fame."

"Sì, hai ragione. Andiamo."

Primavera aveva perso parecchio sonno e aveva attraversato molti pericoli la notte precedente. Non le fu difficile, quindi, dormire tutto il giorno. Non si sarebbe svegliata nemmeno di sera se uno stuolo di amiche non si fosse presentato davanti alla sua stanza da letto e avesse gridato: "Sorpresa!"

Primavera socchiuse gli occhi, poi li stropicciò. Quando li aprì completamente si accorse della presenza delle amiche, le quali si gettarono su di lei e la coprirono con le braccia. In una effusione di gioia e di goliardia, le tirarono via le coperte e la svestirono del pigiama. Quindi la vestirono e la trascinarono nella loro macchina sotto lo sguardo atterrito della madre. "Ritorna presto!" le raccomandò. "È già tardi, capito?"

La figlia riuscì a sventolare un fazzoletto in aria e sparì dalla vista chiudendo la porta dietro di sé.

"Queste ragazze d'oggi! Che tormento!" sospirò la donna ritornando alle sue faccende domestiche.

Nel bar di Trescine, le giovani donne si sedettero a un tavolo e ordinarono un cognac e un bicchierino di Strega ciascuna. Una donna anziana, che stava seduta al tavolo vicino, le guardò con disprezzo. Chinò la testa verso suo marito e gli sussurrò all'orecchio. "La gioventù di oggi è senza vergogna. Bevono alcool come i pesci bevono l'acqua."

Una delle amiche di Primavera le domandò: "Raccontaci un poco la vita universitaria."

"È molto impegnativa, ragazze. La filosofia e la chimica sono delle bestie di materie. Mi costano molte ore di studio."

Un'altra non la fece proseguire: "E la vita sentimentale?"

"Come vuoi che vada" borbottò Primavera. "Come potete immaginare, ci sono sempre sciami di api che ronzano intorno all'alveare."

"Sì va bene, però ci sarà qualcuno che ti tallona di più?"

"Eh sì, c'è un clandestino nero che mi sta facendo una corte serrata. Ogni sera mi porta fiori o cioccolata. È un bel giovane, alto con i capelli lunghi e gli occhi neri. La pelle è olivastra. Ma è un pezzo di giovane."

"E tu l'accetti?"

"Il fatto che io lo descriva in termini positivi non implica che abbocchi ai suoi desideri. Ho rifiutato i regali per molto tempo. Poi ho finito per accettarne qualcuno solo per amicizia, per non offenderlo. Con questa gente non si sa mai da che cultura vengono e come possono reagire."

"Che professione esercita?"

"Che vuoi che faccia adesso. È qui da due mesi. Dovete sapere che a livello di disoccupazione la situazione è quella che è. C'è molto disagio tra di noi. Con l'età pensionabile che è stata estesa a settant'anni, esiste una forte precarietà tra i giovani. Lui è vittima come moltissimi di noi."

Un'amica che si era astenuta dal dibattito fino a quel momento intervenne: "Scusatemi, quelli che invocano l'umanismo dell'immigrazione e gli stessi migranti hanno in mente una casa, un lavoro, una società accogliente. Purtroppo, i politici vendono lusinghe a questi poveri sventurati. Quel paparazzo di Napoli ha offerto loro una casa e il Presidente del Consiglio un lavoro. Ma se cinque milioni di italiani sono sulla soglia della povertà, perché lusingarli?"

"Lui si sta integrando molto bene" rispose Primavera.

Colei che appariva la maggiore d'età esclamò: "Prima vivevamo bene senza di loro. Dov'è questo arricchimento che nasce dall'integrazione?" Si accomodò meglio sulla sedia, diede un sorso dal boccale di birra che aveva ordinato nel frattempo e si asciugò le labbra con un tovagliolo. Le sue amiche compresero che desiderava parlare e l'aspettarono.

Appena finito aggiunse: "Care amiche, io non sono razzista e non me ne voglia Primavera se il suo fidanzato è nero."

"Aspetta, aspetta!" si affrettò a chiarire Primavera. "Lui non è il mio fidanzato. È un conoscente, un amico. Se vuole ricoprirmi di fiori e cioccolatini, sono cavoli suoi."

"E non aggiungi che ti copre di baci?"

"Questo, no!" protestò Primavera. "Io non permetto a nessun giovane di toccarmi."

"Ho capito" disse una di loro. "Il tuo amore si è appassito, o direi che ha messo radici altrove, ma il suo profumo non lascia mai le tue narici."

Primavera impallidì e per un po' di tempo rimase assorta in qualche cosa, o qualcuno, insondabile. Stava per lasciare la compagnia, ma una di loro le impose di sedersi. "Non si può più scherzare con te?"

La stessa amica rincarò la dose: "Tengo a precisare che per qualche motivo misterioso abbandonò Cervinara e non si sa dove sia finito."

Il volto di Primavera divenne una maschera di tristezza. La stessa ragazza voleva continuare ma non glielo permisero. La più giovane riprese il tema iniziale. "A titolo personale tengo a dire che dove si sono accomunati popoli con culture, lingue, tradizioni e colore della pelle diversi sono inevitabilmente scaturiti conflitti, dispute e spesso anche rivolte sanguinose. Guardate in quanti guai si è cacciata l'America. Il governo controlla le masse elargendo il sostegno sociale, altrimenti si verificherebbero rivolte continue."

Un'altra che sedeva accanto a lei aggiunse: "Fino a quando siamo obbligati a sostenere l'accoglienza; fino a che punto dobbiamo accettare la criminalità degli immigrati? Il PD vede negli immigrati una nuova linfa elettorale e quindi hanno tutto l'interesse a essere buonisti con loro." Alzò la voce e tutti quelli intorno aprirono le orecchie: "Dovete sapere che il Papa è riformista. Tutti i gesuiti sono radicali e integralisti dentro il sistema ecclesiastico. Questo Papa, da gesuita, non solo è riformista ma è globalista. Apre porte e portoni a chiunque. E questo suo comportamento gli porta molti consensi favorevoli, specialmente in politica."

La più giovane tra di loro aggiunse: "Vorrei chiudere questo increscioso dibattito dicendo: perché non predicano come integrarli in Africa? Come combattere la corruzione in quei paesi? Ricordate che molti preti sono stati trucidati insieme a molti cristiani. Molte suore sono state stuprate. Migliaia di italiani sono stati cacciati dalla Libia. Eppure nessuno si alza dal pulpito per condannarli. La dice lunga sulla loro morale."

Tutti quelli che gremivano il bar si lasciarono andare a uno scrosciante applauso. Le ragazze si vergognarono di tanta attenzione. Pagarono in fretta il conto e uscirono in piazza.

Un gruppo di giovani che stava organizzando una festa serale si avvicinò alle ragazze. Il più socievole prese la parola: "Guarda chi si vede! Eh, Primavera, bellissima, stupenda come il sole primaverile, tu sei il mio sole, la mia luna, la mia stella."

Primavera l'abbracciò e disse: "Ciao, grazie per i complimenti ma tu non cambi mai. Elargisci meriti come fossero caramelle."

"È la droga che lo fa cantare" aggiunse Bernardo. "A proposito, esiste la droga all'università?"

"La droga scorre come un fiume, caro amico, e non solo tra i giovani" rispose Primavera.

"L'odore arriva fin qui. Come si fa a depurare l'atmosfera?" chiese il figlio dell'avvocato, altro serio pretendente alla mano di Primavera.

"Ma scherzi?" rispose Topolino. "Noi respingiamo fermamente questa tua illazione. I nostri polmoni sono abituati a essere ossigenati da questa aria dolce e soave che scende dalle montagne alle nostre spalle."

"Parla per te" gli rispose prontamente il suo amico. Il tuo parlare non convince nemmeno gli ingegneri ambientali. La verità è che stiamo scendendo nell'abisso di una società consumatrice. Il progresso, la tecnologia e i troppi soldi ci stanno allontanando da noi stessi."

"Apprezzo il tuo linguaggio moralistico ma lo fai per accattivarti la simpatia di Primavera o perché realmente credi in queste riflessioni?"

Tutti scoppiarono in una prolungata risata. Il ragazzo replicò un poco infastidito da quella ipotesi. "Tutti voi siete falsi corteggiatori di questa leggiadra ragazza…"

Non finì di parlare che fu seppellito da un coro di commenti sarcastici. Intanto Primavera si godeva quei momenti magici di attenzione. Appena il clamore scemò, il figlio dell'avvocato fece il gesto di tacere con le mani ed esordì in questo modo: "Dovete sapere che noi siamo ossessionati del sesso (si sentirono parecchi colpi di tosse repressi a malapena). Abbiamo come domicilio una società artificiale inebriata dal potente dio euro e dal concetto di una libertà illimitata."

"Condivido le tue riflessioni Pasquale, non il tuo amore" rispose Primavera con un sorriso provocante.

"Di questo parleremo in segreto" rispose lui.

"Oh, no" protestarono gli altri.

Primavera precisò. "Atteniamoci al tema del dibattito e avventuriamoci in atteggiamenti romantici che possono apparire realistici sebbene non rispondano alla realtà."

"Vero, verissimo!" gridarono in coro.

Un giovane di bell'aspetto ma con qualche chilo in più, invece di ascoltare gli improvvisati oratori, fissava continuamente Primavera. Suo padre era giudice della Suprema

Corte. Il vicino lo distolse dai suoi sogni. "Ma che fai? Non parli? Lascia stare Primavera. È in buone mani."

"E di chi sarebbero queste buone mani?" lo rimproverò in tono provocatorio.

"E me lo domandi? Stanno davanti a te. Che sei cieco? Non le vedi?"

"Ma va! Non ti sposerebbe nemmeno una mosca!"

L'ultimo commento fu fatto ad alta voce, sicché non passò inosservato e tutti si voltarono verso di lui. Ritornò il sereno e Pasquale colse la palla al balzo cercando di ritrovare il filo del discorso. "Volevo dire che i segni si vedono per le strade, nelle piazze, nei locali pubblici."

Il suono delle ultime parole attraversò come un filo elettrico la schiena di Primavera. Un fremito scosse tutto il suo corpo e si sentì rabbrividire. Pasquale se ne accorse. Si avvicinò a lei e la strinse a lui. Aspettò che si calmasse e continuò: "Abbiamo perso il treno della nostra coscienza. Viviamo una vita col volto mascherato, senza obiettivi precisi, senza mete, senza un credo, senza ideali politici e siamo privi di quei valori tradizionali che facevano la nostra società forte e vitale. Quando al principio si parlava di puzzore, ebbene ci riferivamo all'aria. Noi dovremmo essere i promotori di un cambio epocale nella società moderna e, invece, stiamo perdendo il treno per una ecologia pura, un lavoro duraturo e una pace sicura. Il futuro appare ambiguo e senza speranza."

Seguì un silenzio cupo. Poi, d'un tratto, i giovani, uno a uno, espressero la loro solidarietà a Pasquale per le profonde riflessioni, stringendogli la mano e al tempo stesso staccandolo da Primavera, la quale gridò: "Bravo, Pasqualino!" Intanto si godeva tutta quella attenzione dal pubblico maschile.

A breve distanza si fermò una macchina. L'autista scese e chiuse la porta. Cinque o sei giovani la riconobbero e si avvicinarono a lei. "Novità?" chiese uno di loro.

"Veramente ne ho una dell'ultima ora" rispose la ragazza col volto serio.
"E sarebbe?" interloquì uno di loro.
"Ho appena saputo che Primavera e don Vitellone son tornati di buon mattino ieri."

Un boato di sorpresa risuonò in mezzo a loro. "Se è successo qualcosa tra loro due o è in corso un rapporto più che amichevole, io mi chiamo fuori dalla cerchia dei pretendenti."
"Non è possibile" rispose un altro. "Primavera non va a Messa di domenica. È una miscredente."
"Abbassa la voce" lo redarguì la ragazza. "Non siano lontani da lei."
"Io non ho vergogna di dire la mia. Tu sei una profetessa di sciagure. Non mi sento di seguirti in questo."

Nessun altro aggiunse un commento. La ragazza scrollò le spalle. "Vuol dire che non siete interessati. Va bene per me." Rientrò in macchina e sparì a tutto gas.

I giovani erano rimasti pietrificati dalla notizia. Dopo un temporaneo smarrimento di idee, il gruppo rimase a discutere per lungo tempo. Un paio di loro espresse scetticismo, il resto optò per ottenere ulteriori informazioni prima di schierarsi dall'una o dall'altra parte.

Era sera inoltrata. La madre di Primavera stava in camicia da notte guardando la televisione e dando, di tanto in tanto, sguardi fugaci all'orologio. Aveva sonno e voleva andare a dormire. Non si reggeva quasi in piedi quando si alzò per sorseggiare un ulteriore caffè espresso con tanto di zucchero per dolcificarlo. Lo scricchiolio della porta che si apriva lentamente la rasserenò.
"Ciao, bambina. Ti sei divertita?" chiese lei facendo fatica ad aprire gli occhi.
"Abbastanza, mamma."
"Hai rivisto qualche tuo spasimante?"
"Come hai fatto a indovinare?"

Le diede il bacio della buonanotte, si spogliò, si mise il pigiama e sparì sotto le coperte. La madre rimase di stucco. Si aspettava che la figlia le raccontasse qualche aneddoto. Niente. La seguì con un sorriso sornione poi fu vinta dal sonno e cadde supina sul divano.

Il mattino seguente il sole non voleva svegliarsi. In realtà rimaneva nascosto dietro una folta coltre di nuvole spesse e minacciose. Faceva un freddo intenso che assiderava le mandibole e rendeva difficile la conversazione. Per le strade il fumo dei veicoli non si alzava troppo da terra. Era terrorizzato dalla fitta coltre di freddo che bloccava le energie. I polmoni facevano fatica a respirare. I pochi passanti avevano il volto coperto da una sciarpa di lana. I comignoli delle case lasciavano trasparire delle sparute lingue di fumo che morivano rapidamente nella morsa del gelo artico. Non si sentiva alcun cinguettio di uccelli. Qualche cane randagio camminava a passo spedito verso una destinazione incerta alla ricerca di un riparo provvisorio. Anche la natura si apprestava con il fiato sospeso ad aspettare l'avvento del Redentore.

Primavera si alzò tutta infreddolita. "Mamma, alza un poco il termostato. Muoio dal freddo."
"Figlia cara, lo faccio subito. Anzi accendo anche il focolaio. Mentre tu ti scaldi mi preparo per la Messa. Mi piace assistere alla prima per poi tornare a casa e fare la salsa." La figlia preferì tacere per ovvie ragioni.

La chiesa di Santa Onestà, in via Cupa, era insolitamente gremita di fedeli. Tutte le testate dei giornali avevano riportato in prima pagina: "Roma in fiamme. Stiamo rivivendo i tempi di Nerone"

La descrizione dei funzionari del locale aveva aperto nuove prospettive per l'identificazione del colpevole, ma di certezza non se ne parlava. A qualche editore venne il dubbio che Cervinara potesse essere la fonte della verità. Per fugare i dubbi, inviarono un paio di giornalisti, i quali si sedettero in prima fila. Erano in cerca di indizi. Giocavano con i cellulari e prendevano appunti di tanto in tanto. Nel loro lavoro, erano coadiuvati da un fotografo che scattava foto qualora lo ritenesse necessario e, con l'ausilio della tecnologia, le mandava direttamente in redazione.

Don Vitellone fu avvisato e rimase profondamente turbato. Era stato assente l'intera settimana e nessun prete l'aveva sostituito per la messa domenicale. Il vescovo non era stato informato e ciò gli aveva causato molta apprensione e un evidente nervosismo. Il parroco, intanto, si preparava per la Messa, dissimulando un evidente nervosismo, tanto che cominciò subito a sudare profusamente.

Il prete fece ingresso nella chiesa dall'entrata laterale. Era assistito da uno stuolo di preti e chierichetti tutti di genere maschile. I paramenti sacerdotali avevano un giallo aureo splendente, tutti bordati con filamenti d'oro. Due preti gli facevano da scorta ai due lati posteriori. Sembrava a tutti gli effetti un corteo regale.

L'inizio dell'omelia fu equilibrata e unanime. L'oratore abbandonò la tematica dell'anima e si avventurò in una ideologia spiccatamente terrena con connotati di cui il lettore o lettrice avrà già sentore.

"I titoli dei giornali sono abbastanza eloquenti e non serve ripeterli in questa sede sacra" esordì don Vitellone nella seconda parte del sermone. "Secondo I quotidiani, un uomo è stato testimone di fuoco e fiamme che hanno distrutto quasi completamente il locale. Gli inermi clienti sono rimasti vittima di uno spettacolo sciagurato che per poco non è costato la vita ad alcuni di loro. Qualcuno, a quanto pare, è stato ferito e ustionato. Un signore che si trovava lì è riuscito a lanciare l'allarme. Poi, come accaduto a Sodoma e Gomorra, è successo il finimondo. Non siamo in grado di aggiungere altro perché il proprietario non ha voluto rilasciare commenti per non intralciare le indagini."

I parrocchiani, che fino a quel momento avevano tenuto il fiato sospeso, cominciarono a destarsi dal torpore. Se prima i sospiri erano soffocati dal rispetto, ora si convertirono in mormorii, bisbigli, imprecazioni contro i clienti del locale. Non mancarono voci dissonanti in direzione del sacerdote, reo, secondo loro, di aver varcato la soglia della realtà evangelica ed essere entrato nell'agone onirico di indiscrezioni e ipotesi. Il prelato si rese conto di essere su un terreno minato. Il clamore stava investendo il luogo sacro e lui corse ai ripari. "Mie care pecorelle, le mie parole non sono sufficienti a descrivere il pericolo che incombeva su quella folla in balia della paura, un pericolo che io, personalmente, e anche voi avrete sperimentato nella vostra vita. Evidentemente gli articoli sui giornali hanno contribuito al nostro disagio. Chiedetelo a Pri… Pri… Incespicò con la lingua e tacque. Effettuò un paio di torsioni del collo, liberò la gola da qualche ostacolo salivare e terminò: "Auguriamo agli ustionati e ai feriti una pronta guarigione."

Quest'ultimo commento ebbe un effetto sonnifero sulla congregazione e la messa terminò senza ulteriori forzature. I giornalisti non riscontrarono alcunché di anormale nel comportamento del prelato. Tutto sommato lo giudicavano un lettore interessato alla salute e sicurezza degli altri. Chiusero le borse e se ne andarono con le mosche in mano.

In sacrestia, don Vitellone sudava da tutti i pori. I suoi assistenti facevano a gara per asciugargli la fronte. Alcuni gli diedero anche un bacio. "Sei andato alla grande, amico mio" gli bisbigliò all'orecchio un confratello.

"Meriti un altro bacio a casa."

Il custode lo informò che i giornalisti erano partiti, delusi di aver sprecato tempo, e lui sprofondò su di una poltrona che gli avevano posto a fianco. Subito dopo, sospirò profondamente. "Grazie per la vostra comprensione."

Un chierichetto, impertinente, gli fece una domanda birichina. "Padre, perché avete menzionato il fuoco? Non potevate farne a meno?"

"Figlio mio" rispose il prelato, aggiustandosi sulla poltrona. "Il fuoco esiste eccome. Non ne possiamo fare a meno. Io mi sento in dovere di denunciarlo quando è distruttivo."

"Ma se vi piace il fuoco" ribatté il chierichetto, "perché non vi mettete davanti a un focolare con questo freddo polare…"

Tutti i presenti scoppiarono in una sonora risata. Don Vitellone, anziché indispettirsi per l'insolita domanda, gli rispose: "Vieni qui. Toccami e vedrai che già scotto per conto mio. Figurati se mi siedo davanti al fuoco. Siamo onesti. Il mio fuoco è relativo. Io posso aiutare a salvare, ma non posso farlo solo.

Gli altri prelati non resistettero al proprio compiacimento e lo applaudirono. Lui si alzò di scatto e si diresse sul sagrato della chiesa per confabulare con i suoi parrocchiani.

La madre di Primavera raggiunse la sua abitazione in un batter d'occhio. Non si fermò, come era solita fare, per scambiare qualche idea con il prete e le sue amiche dopo la Messa. Aveva una voglia irrefrenabile di arrivare a casa prima possibile.

La figlia l'aspettava sul divano davanti alla televisione. La madre non rispose immediatamente ai saluti della figlia e ciò la insospettì. Aprì la finestra e vide un ginepraio di persone intorno al loro amato sacerdote.

Un anziano urlò: "Siete un sant'uomo!"

Nell'udire quell'elogio alcune donne svennero. "Vedete, vedete! È vero che don Vitellone è un santo tra noi peccatori."

Altri si associarono e convennero che tali esclamazioni combaciavano con la realtà.

"Santo subito!" gridava la folla in preda all'esaltazione religiosa.

La madre di Primavera chiuse la finestra. Faceva un freddo intenso. Ancora una settimana e sarebbe stato Natale. La donna si sedette e sbuffò a lungo. Scuoteva la testa e non sapeva darsi pace.

"Mamma che c'è? Non ti senti bene?"

"Al contrario, mi sento perfettamente bene."

"Allora perché sbuffi? Per caso hai avuto un battibecco con qualche amica?"

La madre scosse di nuovo la testa.

"Niente di tutto questo. Sono preoccupata per due cose. La prima è che don Vitellone stava per menzionare il tuo nome durante il sermone, e io pretendo di sapere la verità su questa faccenda. In secondo luogo, ha accennato a un fuoco che avrebbe divorato un'intera assemblea in un famoso locale di Roma. Forse hanno riesumato Nerone. Poi ha annusato il 'fumo' ed è corso subito ai ripari adducendo che la sua descrizione era stata distorta dai media."

"Mamma" rispose con calma la figlia. "Tu ripeti ciò che hanno riportato i giornali. Io mi sono già soffermata ampiamente sul tema del fuoco con perifrasi e su come, a causa di quel maledetto fuoco che lui ha inventato, per poco non sono andata a finire in un fosso rimettendoci la pelle. È stato un tipico incidente da fotofobia. Io non so se faccia uso di sostanze stupefacenti per arrivare a quelle reazioni. Lo dico per eliminare qualsiasi dubbio su di lui. Non è giusto fare illazioni. Ti posso, però assicurare per l'ennesima volta che tra noi due non c'è stato nulla di compromettente. Chiarito questo," continuò la figlia, "arriviamo al suo presunto intervento a Roma e quale connotazione abbia avuto questo benedetto 'fuoco.' Io non ero con lui, pertanto non sono in condizione di spiegarti che cosa sia realmente successo. Per quello che mi concerne, credo si tratti di connotazioni sessuali. Oltre non mi spingo perché è un personaggio enigmatico, fuori dalle righe a volte. Ripeto quello che ho detto prima. Ora capisco il motivo per cui ti sei lasciata trasportare da una critica religiosa l'altro giorno e hai citato il suo nome solo all'ultimo per lasciarmi il tempo di comprendere…" Fece una pausa qualche istante e aggiunse: "Non sentivi prima come la folla lo osannava? Era in preda al delirio."

"Io non presto attenzione a queste escandescenze di tipo religioso. Come sai bene sono atea. Devo precisare che molti di loro mi hanno indotto a esserlo."

"Non ti permetto di dichiararti atea. Io e tuo padre siamo cattolici e ti abbiamo educato nella nostra religione e nelle nostre tradizioni" rispose la madre in tono alterato.

"Mamma, stai calma! Io sono maggiorenne. Voi inneggiate al liberum arbitrium e sono d'accordo, ma attenzione: non vale solo per voi."

La madre si mise la testa tra le mani: "Guarda che figlia ho creato!" Siccome non voleva che la figlia incrementasse il livello del diverbio, si allontanò verso la cucina.

Il vescovo di Benevento non accolse bene la notizia dell'assenza di don Vitellone dalla parrocchia senza il suo permesso. L'adrenalina si alzò allorquando il prete ribelle non rispose alle sollecitazioni del vescovo di presentarsi al palazzo vescovile per uno scambio di idee. Il vescovo divenne ancor di più sospettoso quando gli giunse la notizia che i parrocchiani lo avevano proclamato "santo". Tra le comari del quartiere trapelava ancor più insistente la voce che don Vitellone avesse trascorso la settimana in un ritiro spirituale in montagna. L'avevano visto sciupato e ciò aveva contribuito a rafforzare i sospetti. Il vescovo si sentiva molto infastidito non gli restava alternativa che quella di avviare indagini segrete. Alla fine giunse un fascicolo abbastanza corposo sul tavolo vescovile.

Il vescovo, dopo aver analizzato e riflettuto a lungo sul dossier, decise di passare ai fatti e invitò don Vitellone, tramite una lettera protocollata, a un colloquio privato. Il prete fiutò l'aria malsana che spirava a Benevento e si dichiarò innocente da ogni accusa, per cui era irrilevante assoggettarsi a un interrogatorio prestabilito e pianificato alla distruzione della sua persona. Anzi passò agli atti pratici. Spiegò ai suoi concittadini che qualcuno stava tramando contro di lui e contro di loro nel palazzo vescovile di Benevento. A tale scopo, ritenne necessario organizzare un corteo di protesta contro i poteri forti.

Al corteo partecipò una fiumana di donne e bambini che si snodò per chilometri in tutto il territorio. Non partecipò il mondo maschile. Le più giovani sventolavano bandiere inneggiando a don Vitellone e chiedendo le dimissioni del vescovo. Le foto del prete con le donne che lo proclamavano quasi un eroe della chiesa erano troppo evidenti per essere ignorate. Sui cartelloni si leggeva "Evviva don Vitellone! Lunga vita al nostro pastore! Il nostro parroco è pulito! Subito al processo di beatificazione! Ci stringiamo unite a don Vitellone! Abbasso il vescovo! Fumus persecutionis!"

Le carte sul movimento di protesta finirono sul tavolo della curia romana. Il Papa stesso fu messo al corrente della scottante vicenda.

Il vescovo, forte dell'appoggio papale, non si lasciò intimorire dalla ribellione del suo subalterno. Preso atto dell'insubordinazione, gli diede due settimane di riflessione per ottemperare ai suoi obblighi. Don Vitellone, per la seconda volta, disobbedì e, per paura di essere processato, camminava per le strade con i piedi scalzi, ma con la pistola nascosta sotto il mantello. Per la gente era un atto di estrema umiltà e le mani nascoste congiunte testimoniavano l'accostamento alla preghiera e l'unione con il divino. Alcune donne non ressero alla commozione e si lasciarono trasportare dalle lacrime sospirando: "Che uomo santo! È davvero santo il nostro padre! San Francesco è tornato tra noi!" I sospiri mutarono subito in bisbigli e i bisbigli in preghiere e le preghiere si trasformarono in grida di devozione.

Il vescovo aspettò pazientemente che il prete ribelle si sottoponesse al giudizio della chiesa. L'atto di insubordinazione era grave. Avendo constatato che il prete non era intenzionato a scendere a miti consigli, anzi si era armato, chiese l'intervento della polizia italiana. Don Vitellone fu allontanato dalla rettoria e mandato in pensione. La sua fama di santità era svanita nella nebbia del tempo.

Naturalmente lo scandalo si diffuse a macchia d'olio nell'intera regione. Coloro che avevano inneggiato alla santità del prelato rimasero delusi e amareggiati. Il caos delle idee regnava ovunque. Uno sparuto numero di detrattori del vescovo decise di inoltrare una protesta formale al Papa. Non si è sicuri se dietro a questa iniziativa ci fosse la mano lunga del prete ribelle. Il quesito rimase aperto fino all'arrivo del nuovo parroco che con la sua bontà mise a tacere, in breve tempo, l'intera vicenda. Ma non in casa di Primavera.

La madre di Primavera era in uno stato di confusione mentale e non riusciva a dare una logica spiegazione agli eventi. Don Vitellone era stato il suo parroco preferito. Erano stati amici per un ventennio e avevano giocato a carte insieme. Purtroppo le accuse contro di lui erano incontrovertibili e non c'era altra scelta che voltare pagina. La figlia la guardò con compassione e disse: "Sic transit gloria mundi." La madre le rispose: "Chi l'avrebbe mai pensato…"

Primavera l'abbracciò e la baciò sulla fronte. "Mamma, te lo dico da estranea, da miscredente. La chiesa ha bisogno di rigenerarsi, ma per fare ciò deve tornare alle sue radici, alle sue origini di semplicità e di onestà. Questo progressivismo, questo riformismo liberale va a ritroso.

Ci sono stati molti papi discutibili in passato, ma questo papato è così nefastamente divisivo... Sono molti ad ammettere che mai hanno visto questa voragine abissale tra la gente che non va più in chiesa. Non solo la gerarchia ecclesiastica, ma anche molti pastori non portano più all'ovile le loro pecorelle che si allontanano di giorno in giorno. Queste sono realtà struggenti e incontrovertibili, alla portata di tutti. Lui non se ne accorge, ma appare evidente che sta portando la chiesa cattolica alle sue catacombe, insieme a una cultura bimillenaria. Mi viene in mente che sia stato imposto da poteri forti."

"Basta, basta!" rispose la madre. "Non ne posso più."

CAPITOLO 9

I Tupi dell'Amazzonia

Degli indigeni che sarebbero venuti in questo emisfero già abbiamo parlato precedentemente. Si ipotizza che siano arrivati all'incirca dodici mila anni orsono. Come pure si è parlato della diversità multietnica, della deforestazione e dello sfruttamento di giacimenti petroliferi che, con le nuove malattie, hanno decimato intere tribù.

L'invasione europea incominciò nel sedicesimo secolo quando la popolazione indigena si aggirava intorno ai tre o quattro milioni di abitanti. Con il vantaggio degli archibugi, gli europei ebbero gioco facile nel sottomettere intere tribù e le sfruttarono come schiavi. Più difficile fu assoggettarli al lavoro delle piantagioni a cui non erano abituati e per mezzo del quale la morte era costantemente in agguato.

All'inizio esistevano più di trecento lingue distinte nella giungla amazzonica. L'invasione continua degli stranieri ha fatto sì che si siano ridotte a poco più di un centinaio. Sembra strano ma la dissonanza che esiste tra esse è tuttora oggetto di studio per linguisti e antropologi. Ad ogni modo, con l'avvento degli europei, molte tribù entrate in contatto con loro cominciarono a comunicare nelle loro lingue.

Gli indigeni si nutrono primariamente di pesce ma coltivano anche i vegetali. A parte la manioca, coltivano anche altre piante.

I rapporti tra le tante tribù non sono sempre armonici. Tra i Nadahup prevale il concetto di superiorità etnica nei confronti dei

Tucanoans, considerati culturalmente e socialmente inferiori, al punto da vietare il matrimonio con loro. I Tupi, invece, costituiscono un discorso a parte per la loro natura belligerante. Erano costantemente in guerra con le tribù circostanti e praticavano uno strano cannibalismo. Durante i ripetuti conflitti, avevano un piano molto elaborato. Catturavano i nemici per poi ucciderli e mangiarli come se fossero cacciagione. Erano specialmente interessati ai nemici forti e coraggiosi perché credevano che consumando la loro carne durante i rituali cannibalistici le forze e le virtù dei nemici si trasferissero nei loro corpi deboli.

A prescindere da questi rituali ripugnanti secondo la nostra cultura, i Tupi consideravano un onore mangiare quello che restava dei loro familiari morti. Il primo passo per frenare queste orge cannibalistiche fu fatto da Cabeza de Vaca nel 1541. Non si illuse di sradicare tale tradizione ma cercò almeno di frenarla avvalorando il fatto che l'ordine o l'editto fosse stato emanato dal re Ferdinando di Castiglia.

CAPITOLO 10

Addio alla hostess

e

miracolo nella giungla

Al mattino seguente, Cyrus dormiva come un ghiro. Era già tardi. Il sole si era svegliato di buon'ora e già aveva percorso un buon tratto del suo cammino quotidiano. I negozi della metropolitana carioca avevano aperto i battenti da tempo e per le strade si udivano le urla dei giovanotti che vendevano i giornali davanti ai semafori.

Lassù in cima alla montagna brillava, e brilla tutt'ora, il Cristo Redentore. È la stessa icona che i soldati di Costantino ostentarono con orgoglio sui loro scudi durante la battaglia di Ponte Milvio, come simbolo di vittoria, ma che qualche mente sprovveduta e miscredente, nell'epoca attuale, vuole far passare come obbrobrio. Da quella roccia, la statua ha dato il benvenuto a milioni di poveri migranti da tutto il mondo desiderosi di vedere il loro sogno compiuto.

La hostess si alzò in silenzio. Diede uno sguardo pietoso ai panni sgualciti del giovane e si precipitò giù per le scale dell'hotel, evitando l'ascensore. I negozi di Os Campos Elíseos, tra Nova Iguaçu a nord e Embaré a sud erano a poca distanza. La donna s'inoltrò in quel labirinto di ogni tipo di boutique e uscì fuori dopo una mezzoretta con due grandi borse piene.

Al rientro in hotel s'imbatté in un impiegato della compagnia aerea brasiliana. I due si abbracciarono e si baciarono. Ne seguì un vivace colloquio durante il quale il giovane minacciò la donna con toni imperiosi di smetterla di giocare a "Lascia o Raddoppia". Lui aveva adocchiato i vestiti da uomo e si era insospettito. Lei reagì in modo adirato. "Giacché mi rimproveri l'acquisto di questi abiti maschili che, peraltro, erano destinati a te, li porto all'hotel e li donerò al primo giovanotto in cui mi imbatterò."

Al suono di quelle parole, il suo compagno si sentì sminuito dal suo duro atteggiamento geloso e si placò. "Ascolta, se è per questo li accetto. Se me lo avessi spiegato all'inizio…"
"No, adesso è troppo tardi. Hai mancato di rispetto verso di me."

Il compagno, che doveva essere il suo fidanzato, credette opportuno non infierire contro di lei se voleva ricucire i loro rapporti. Abbassò le pretese e accettò di aspettarla nell'atrio dell'hotel per proseguire insieme per una visita alla città. La compagna acconsentì e si diresse alla sua stanza per preparare la valigetta.

Cyrus si trovava nel bagno. La hostess ancora leggermente annoiata per l'increscioso diverbio con il fidanzato lasciò gli abiti vicino al bagno. Lui l'afferrò per un braccio e la trasse a sé facendola cadere nella vasca da bagno. "Oh, no!" protestò lei. "Adesso sono tutta bagnata." Voleva rimanerci a lungo ma si trovava in uno stato di nervosismo. "Il mio fidanzato mi sta aspettando giù. Non posso più trattenermi. Mi dispiace."

Cyrus la guardò esterrefatto. I loro rapporti avevano subito una svolta radicale in un batter d'occhio.

Lei comprese il dramma di lui e aggiunse con dolcezza: "Senti, la vita è fatta così, di cambi repentini. A volte non vogliamo soggiacere a questi cambi. Forse ci manca la forza della volontà. Guarda, io devo cambiarmi e correre." Prese dei soldi e li mise sul comodino. "Ti serviranno per raggiungere la tua destinazione. Questi son panni nuovi."

Lui si asciugò in fretta e fece un ultimo sforzo per trattenerla. Le gote di lei si inumidirono di lacrime. "Tu non sai di che cosa sarebbe capace il mio fidanzato." Afferrò la valigetta e sparì dietro la porta dell'ascensore.

Cyrus rimase a lungo mortificato dalla piega degli eventi. Tra poco la donna addetta alla pulizia avrebbe bussato alla porta. Si cambiò in fretta. Mise i soldi in tasca e uscì dall'hotel. Davanti a lui, nella strada, vedeva solo incertezza e solitudine.

Ancora scosso per l'accaduto, Cyrus si mise in cammino per la città senza una meta. In un angolo della strada, notò un gruppo di giovani che stava confabulando con un signore ben distinto nel vestiario. Capì che era un dirigente della American Petroleum Company. Si era fermato per arruolare giovani desiderosi di prestare servizio nella giungla amazzonica, intorno ai pozzi petroliferi. Cyrus non se lo fece ripetere due volte e senza nemmeno chiedere informazioni sulla paga o le condizioni di lavoro saltò sul camion. Davanti a lui si apriva un orizzonte sconosciuto di persone, animali e insidie del terreno.

Quel pomeriggio stesso, Cyrus e una ventina di lavoratori salirono su di un camion e partirono alla volta dell'Amazzonia, precisamente dove aveva sentito dire che suo fratello viveva o era morto.

Il viaggio durò un paio di settimane. Alla fine, arrivarono ai giacimenti petroliferi all'interno del territorio dei Tupi. Dopo qualche tempo, fu elevato al rango di "capo" di un piccolo gruppo e da allora divenne nemico mortale per gli autoctoni. Questi, considerandolo come un pericolo per la loro stessa esistenza, attentarono numerose volte alla sua vita.

I Tupi, come le altre tribù indigene, erano e sono ancora estremamente gelosi della loro identità, che gli europei hanno cercato di distruggere, pertanto mancavano di una politica di accoglienza. I nuovi arrivati avevano un'identità sociale diversa. Erano evasi dalle carceri o scappati per spaccio di droga o allestito case a luci rosse. Tutti, però, erano schierati sotto una insegna comune: conquistare o sfruttare il territorio indigeno per diventare ricchi. E non solo. Una volta stabilitisi nelle loro terre, le ondate di invasori miravano a spogliarli delle loro tradizioni, cultura, religione e sovranità. Era un attacco al cuore della loro vita, alle loro terre che venivano distrutte dalla tecnologia di nuovi sfruttatori, alla loro stessa vita.

Gli europei erano abili portatori delle loro leggi. Parlavano solo di diritti e mai di doveri. Erano degli usurpatori, pertanto, non divulgavano nemmeno il concetto dell'uguaglianza, ragion per cui gli autoctoni erano costretti a ribellarsi e difendersi. La conquista non si limitava all'esproprio del territorio ma anche al soppiantamento delle loro divinità della Terra, del sole, della pioggia e dei loro valori sociali, politici e sessuali.

Ci furono tentativi da parte di alcuni missionari di far breccia nella spiritualità degli indigeni. Cyrus ebbe modo di parlare con uno di loro. "Se uno è ateo perché volete costringerlo a aderire alle nostre credenze? Voi siete portatori di croce ma la croce non rappresenta solo la cristianità."
"A maggior ragione," rispose pacatamente il missionario, "come ci possono insegnare la matematica e l'astrologia. Si può fare lo stesso con la croce che è il simbolo dei quattro punti cardinali, della geografia e dell'intera umanità. Anche in una prospettiva sociale e umana la croce è simbolo di unione, di fratellanza, di amore."
"Possono i giudei vietare alle giovani palestinesi che vivono nel territorio israeliano l'uso del *nikkah*?
"Io non mi considero un bigotto; tuttavia, mi fa inorridire l'idea di rigettare il crocifisso per la stessa ragione che ho citato prima."
Cyrus disse: "Gli indigeni portano i tatuaggi che io aborro però non ne faccio una battaglia sociale o morale. Se voi vi impegnate a esportare una società pluralista nella giungla, dovete accettare quello che loro credono; altrimenti portiamo gli anelli al naso."
"Non mi sembra che gli indigeni aborrano o si oppongano alla presenza di simboli religiosi. Loro stessi non la osteggiano."
"Non sono sicuro di questo. Certo è che non ostentano la croce, specialmente in pubblico. Magari ci sarà qualcuno che, dietro il vostro proselitismo, lo nasconde nella sua capanna."

"Attenzione! Molti hanno osteggiato il crocifisso durante la nostra storia. In Spagna sparavano al crocifisso durante la guerra civile, ma alla fine è sempre prevalso. Quindi non abbiate paura di mostrarlo."
"Padre, faccio fatica a crederci."

Con questo quadro religioso autoritario come sottofondo, gli indigeni si impegnarono nella lotta contro il medesimo nemico. Il crocifisso che Cyrus portava al collo scintillava sotto il sole e incuteva loro paura. Dato che loro conoscevano il territorio a menadito, gli tesero un agguato. Gli strapparono il crocifisso dal collo e lo gettarono nella boscaglia. Gli tapparono la bocca e lo trascinarono a un remoto angolo della giungla per immolarlo il giorno stabilito. Al principio lo tennero in uno *shobono* (capanna), poi, una settimana prima del rituale, lo portarono all'aria aperta e lo legarono a un albero per sfiancarne la resistenza e indebolirlo. Lo lasciarono in custodia di quattro giovani nerboruti che vigilavano su di lui giorno e notte.

Una giovane fanciulla di nome Dolcezza, nell'idioma locale, alta, bella e di buone maniere, ogni giorno gli preparava qualcosa da mangiare. Erano momenti fugaci perché gli aguzzini la controllavano in ogni particolare. Eppure bastarono quei momenti perché scattasse la scintilla nel suo cuore. Lei venne colpita dall'aspetto avvenente del prigioniero e si accattivò la sua simpatia fino al punto di innamorarsi.

Per l'evento eccezionale il capo tribù invitò i maggiori esponenti delle tribù che facevano parte dello stesso ceppo etnico. A un suo cenno l'addetto al rituale cannibalistico annunziò l'inizio dell'evento sacro. Tutti si avviarono verso il luogo del martirio e si riunirono in una piazzuola poco distante dal prigioniero. Era lì che avevano allestito il rogo.

A un altro cenno del capotribù, alcuni suonatori diedero fiato ai loro flauti di legno, mentre i ballerini, dopo aver sorbito una bevanda che aveva potere eccitante, si esibivano in frenetiche esercizi del corpo.

Era il momento del sacrificio. Il capo ordinò a una mezza dozzina di uomini fidati di prelevare il prigioniero e portarlo sullo spiazzale in cui doveva aver luogo l'arrosto e il seguente banchetto.

Gli uomini eseguirono gli ordini. Si aprirono un varco nella densa giungla e arrivarono al posto indicato, ma con sommo stupore non trovarono il prigioniero né legato all'albero né nello *shobono*. Il prigioniero era sparito. Seguirono molte congetture, la più probabile delle quali era che le guardie avessero bevuto in eccesso e che lui si sarebbe sciolto dai legami e sarebbe fuggito. E la ragazza? Non c'era nessuna traccia nemmeno di lei. Forse si era recata al fiume per le abluzioni. Purtroppo alle molteplici illazioni non c'era alcuna risposta convincente. Al di là di questo aspetto enigmatico, esisteva un altro problema. A chi spettava il funesto compito di comunicarlo al capo tribù?

Un giovane di un'età vicina ai trenta si assunse l'onere di avvisare il capo. Si avvicinò a lui e gli sussurrò qualcosa all'orecchio. Il capo si sentì disorientato. Voleva punirlo immediatamente, ma la presenza degli ospiti illustri e la rabbia non glielo permisero. Si alzò di scatto e si diresse prima verso la capanna. S'inoltrò dentro e trovò i quattro guardiani supini al suolo che dormivano sonni profondi e tranquilli. Diede uno sguardo all'albero e non vide nessuno. Insospettito, chiese notizie della ragazza, ma di lei non c'era alcuna traccia. Infuriato, il capo chiamò a raccolta i suoi subalterni e confidò loro che erano stati beffati. Questi lanciarono vaghe accuse e giurarono vendetta. Uno di loro propose di perlustrare la zona del fiume dove le ragazze erano solite andare per le purificazioni.

Il tempo passava inesorabilmente e la giovane non ritornava. A quel punto il capo inviò delle donne per rintracciarla e accelerare il ritorno per l'interrogatorio. Le indagini durarono a lungo. Le donne setacciarono tutto il territorio fluviale, ma di lei non trovarono nemmeno le orme sulla riva delle abluzioni, eccetto una camicia che apparteneva al prigioniero. Una di loro teorizzò che la corrente avesse trascinato via la giovane ragazza.

Il capo tribù si sentiva estremamente imbarazzato e, suo malgrado, fu costretto a dare la notizia agli altri capi tribù, i quali rimasero sbigottiti da una vicenda dai contorni misteriosi.

Il capo tribù, per salvare il suo onore, si alzò tra la folla, si dichiarò colpevole di quella situazione ed era quindi pronto a morire. La stragrande maggioranza non approvò la sua decisione. Il suo atto di coraggio li aveva colpiti nel profondo del cuore e si rifiutarono di esaudire il suo volere. Il capo fece buon viso e cattivo gioco e ordinò che si procedesse ugualmente a un convito a base di pesce e vegetali.

Il capo era un uomo attempato e allo stesso tempo rigorosamente legato alle tradizioni della tribù. Non si era ancora rassegnato al cambio dei tempi, alle nuove ondate migratorie e agli inevitabili contatti con loro. Forse vigeva in lui ancora il preconcetto, l'erronea visione di possedere un diritto divino sui mortali. La notizia aveva trasformato il suo volto in una mummia inespressiva e meditò vendetta qualora la ragazza lo avesse tradito.

Intanto Cyrus e la sua compagna di viaggio correvano giù a perdifiato per la china della montagna. Costeggiavano il fiume e si voltavano spesso indietro per accertarsi di non essere pedinati. A volte udivano le grida festanti dei fanciulli che nuotavano e vedevano i pescatori lanciare gli ami nell'acqua. I due corsero per un lungo tratto. Erano esausti, specialmente lui, e pervasi dal timore di essere tallonati. Raggiunta una collinetta da dove potevano dominare il paesaggio circostante, si sedettero sotto un albero di tapioca. Ridevano e si godevano la libertà. Una scimmia si stava avvicinando verso di loro e lei le ordinò: "Tereho! Chereká chiaño" (Vai via! Lasciami in pace). L'animale non se lo fece ripetere due volte. Sghignazzò e sparì nella densa vegetazione.

L'indigena chinò il capo sopra il petto di lui e chiuse gli occhi. Ambedue grondavano di sudore. Lui le asciugò la fronte con le foglie dell'albero. Lei aprì gli occhi e gli sussurrò:
"Aguije" (Grazie).

Lui rispose: "Tereiko poraike (Devo io ringraziarti). Mi hai salvato la vita."
"Epite" (Basta)", e mise le dita sopra le sue labbra. Poi aggiunse: "Rene' ekuaápa guaranine?" (Parli guaranì?)
"Ane' Kua michimi vnante guaranine." (Sì, un poco)
"Ene e' cheve guaranu." (Parlami in guaranì).

"Mbae' cheap nderera?" (Come ti chiami?). Lei puntò il dito verso un frutto molto dolce che pendeva da un albero... Lui disse: "Dolce-Dolcezza!"

Lei rispose: "He'e" (Sì). Poi mise l'indice sul petto di lui per dire "Come ti chiami tu?"

E lui rispose: "Cyrus."

Lei si mise a ridere a squarciagola. Appena finì, lo abbracciò e gli sussurrò: "Rojhayhu" (Ti amo).

Lui ripeté "Rojhayhu."

I due si abbracciarono e si baciarono. Faceva un caldo afoso e animali a lui sconosciuti si godevano la scena dagli alberi. Lei si liberò dall'abbraccio e chiese: "Mooguapá nde'?" (Di dove sei?).

Cyrus non sapeva andare oltre. Prese un pezzo di legno e cominciò a tracciare a terra una carta geografica con Europa, Italia, Portogallo e perfino Brasile. Lei non comprendeva niente di geografia, ma mostrò molto interesse. Ovviamente tutto era nuovo per lei. Lo seguì ancora per poco, poi le palpebre si chiusero lentamente fino a che si addormentò tra le sue braccia.

La foresta pluviale è spettacolare, pare un mondo a parte. Si crede erroneamente che piova costantemente ovunque. Invece esistono delle zone dove le piante che vivono in loco hanno il potere di provvedere ai loro bisogni d'acqua come forma di sopravvivenza. E lo fanno in un modo particolare. Attraverso un processo chiamato "traspirazione", gli alberi emettono nell'atmosfera un vapore acqueo che si coagula in forma di nube. Anche durante i tempi di aridità, queste nubi restano sospese nell'aria a contribuire allo stato acquitrinoso.

Nella foresta pluviale vivono più di due milioni di insetti diversi e quasi quattrocento tipi di rettili e, più o meno, duemila specie di volatili e tremila specie di pesci. Oltre alla formica missile e all'anaconda verde, esistono altri animali pericolosi come il ragno errante, conosciuto con il nome greco di "Phoneutria" uccisore. È famigerato per essere il più pericoloso della foresta amazzonica, ma si è diffuso anche in alcune foreste del Sudamerica. Sta in agguato, preferibilmente, sotto gli alberi, ma si sa che può anche nascondersi sotto i detriti vicino alle case. Il suo veleno, conosciuto con il nome di neurontin, ha il malefico potere di immobilizzare la vittima causando dolori al limite della sopportabilità. Oggigiorno è possibile combattere questo veleno se la vittima viene trasportata immediatamente all'ospedale. Al contrario, se l'animale inietta il veleno alla vittima nella giungla, non c'è possibilità di scampo per mancanza di attrezzature mediche.

CAPITOLO 11

Morte d'amore

Cyrus aveva intenzione di ricongiungersi con la compagnia petrolifera. Ma era consapevole del pericolo che incombeva su di lui. La sua salvatrice lo aveva messo al corrente delle leggi della tribù. Era una corsa in linea retta. Per ambedue non esistevano i presupposti per un ritorno, almeno nell'immediato presente. Il loro destino era irrevocabilmente segnato secondo le leggi della tribù. L'unica alternativa consisteva nell'uscire dal cerchio della morte. Per lui non affiorava alla mente nemmeno la possibilità di un ritorno a Rio o nella nuova capitale carioca.

La ragazza comprese il dramma che stava vivendo il suo compagno, infatti lei era assolutamente convinta della urgente necessità di abbandonare il territorio al più presto possibile prima che gli aguzzini del capo tribù si avventassero su di loro. Si avvicinò a lui; lo fissò negli occhi e gli sussurrò: "Mio amore, io avevo pensato di ritornare alla mia tribù e di inventare una storiella per giustificare il mio presunto smarrimento. Avrei detto che la corrente del fiume mi aveva trascinato lontano e che ero riuscita a salvarmi grazie a un tronco d'albero che era steso nel fiume. Il ritorno era stato difficile per la stanchezza e per le insidie degli animali."
"E per la mia scomparsa? Che cosa avresti detto?" chiese lui con curiosità.
"Mi sarei difesa dicendo che non ero assolutamente al corrente della tua scomparsa in quanto mi trovavo nel fiume."
"Questo non sarebbe stato un problema?"

"Dubito, forse mi avrebbero creduto."

"E allora? Perché mi dici questo? Mi vuoi lasciare?"

Lei si strinse a lui e aggiunse: "Io non potevo e non posso abbandonarti al tuo destino. Sarei una vigliacca, una incosciente. Io non tradisco. Sono fedele."

Cyrus l'ascoltava intensamente.

Lei continuò: "Ecco, io, io non po-te-vo e non posso lasciarti perché mi sento già parte di te. Dipende da te se ti senti parte di me."

Non ebbe nemmeno finito di parlare che udirono un fischio che lei riconobbe. Era rivolto a qualche altro che ricambiò presto con lo stesso suono. "Amore," gli sussurrò lei, "siamo in pericolo di vita. Ci stanno braccando."

Cyrus si innervosì: "Cosa facciamo adesso? Io non voglio morire" disse tremando. "Che consigli di fare?"

"Smettila di piangere che ti sentiranno." Prese la sua mano e lo tirò a sé. "Seguimi! Non far rumore."

I due si mossero con estrema cautela per un centinaio di metri. Allorquando apparve chiaro che erano spariti dalla visuale dei loro assalitori, si nascosero dentro a un denso fogliame, invisibili a occhio umano. A notte fonda Dolcezza decise di lasciare il nascondiglio e di dirigersi verso una collina alquanto distante da lì e che lei conosceva molto bene. Perlustrò la zona e trovò finalmente il punto di riferimento che aveva segnato in precedenza. Era una caverna il cui ingresso era coperto da un macigno e infestato da animali che, spaventati dalla loro presenza, scapparono dappertutto. E fu lì che trascorsero la notte, al sicuro dai loro inseguitori.

Il giorno seguente si alzarono tardi. La stanchezza e la paura avevano preso il sopravvento. La ragazza si sentiva visibilmente provata ma continuava stoicamente a lottare per la loro sicurezza. Voleva che si mettessero in salvo nell'abitato degli europei, ancora molti chilometri distante. Tutto a un tratto lei fu scossa da un brivido che la fece sussultare. Non si lamentò. Imperterrita si alzò e uscì all'aperto. I raggi del sole le infusero energia. Si sentì di nuovo bene. Si sedette, prese un pezzo di legno e iniziò a fare dei disegni a terra. Quando si alzò, già aveva ideato la nuova rotta da seguire.

Camminarono tutto il giorno fermandosi solo per mangiare della frutta tropicale. Arrivati vicini a un folto gruppo di alti alberi, lei fece un cenno della mano al suo compagno e disse: "Fermati!"

Cyrus obbedì docilmente senza fare obiezioni.

Lei puntò il dito verso il centro e bisbigliò: "È lì che giace il 'Pozzo della Verità'."

"Ma come?" borbottò Cyrus. "Gli uomini della tua tribù dovevano venire proprio qui per consultarsi con l'oracolo della verità?"

Lei lo guardò con tenerezza e cercò di semplificare. "Vedi il fiume che circonda quasi tutto questo isola? Dall'altro lato possono spiare chiunque venga qui. Questo è il tunnel che permette il ricongiungimento con il Pozzo."

Cyrus era frastornato. Non comprendeva il motivo per avventurarsi in un luogo pericoloso, solo perché lei credeva in qualche divinazione propiziatoria. Per scoraggiarla disse: "Non comprendo tanto interesse per un pozzo. Ci saranno sentinelle all'ingresso. Non vale la pena mettere a repentaglio la nostra pelle."

La ragazza ignorò l'obiezione. "Lo lasciano incustodito per non dare nell'occhio di qualche avventuriero europeo… Tu intanto seguimi."

Si addentrarono nella densa giungla piena di insidie per un altro centinaio di metri fino a che si fermò. "È qui!" bisbigliò. Rimosse una spessa coltre di vegetazione ed entrarono in una angusta galleria. "Presto! Corriamo! Ogni momento è prezioso. Se ci trovano è la nostra fine."

Raggiunto il pozzo, vi trovarono due tronchi d'albero secchi che ne coprivano la bocca. Lei li spinse su un lato. Il cuore batteva freneticamente. "Aiutami a sollevare questo coperchio che è pesante" ordinò lei. L'azione richiese molti sforzi. Alla fine ci riuscirono e davanti a loro apparve l'orlo sorridente del pozzo pieno d'oro e di gemme preziose. Gli occhi di Cyrus si spalancarono e stavano per uscire dalle orbite. La bocca era aperta e la lingua pendeva dalle labbra. Balbettò qualche cosa. "Io, non ho mai v-i-st-o q-u-e-s-to n-e-m-m-e-n-o n-e-i film." Riprese la parola e chiese: "Ma che cosa sono queste pietre?"

"Smettila di fare domande banali" gli intimò la ragazza. "Se ci scoprono, ci seppelliscono qui dentro."

Cyrus fu preso dal terrore e credette che, in fondo, quegli oggetti dal volto brillante e dai colori rosso- giallastro e azzurro avessero valore solo per gli indigeni.

"Presto, apri lo zaino!"

Lui eseguì l'ordine e lo riempì con alcune pietre luccicanti che gli apparvero come semplici pezzi staccati da una roccia. Ovviamente non capiva un bel niente di quel tesoro. Si mise lo zaino sulle spalle. "Aspetta! Poggia lo zaino a terra. Dobbiamo rimettere il coperchio sulla bocca del pozzo. Sbrigati! Ti assicuro che loro sono sulle nostre tracce e potrebbero arrivare da un momento all'altro."

"Se ciò fosse vero, stavolta sarei di sicuro arrostito allo spiedo."

Lei lo ammonì con un gesto della mano.

Compiuta quell'operazione, spostarono gli alberi nella posizione originale e si diressero speditamente verso l'uscita del tunnel. Si udivano voci nelle vicinanze. La ragazza si chino a terra e poggiò l'orecchio al suolo. Si alzò prontamente e indicò al suo compagno il sentiero da seguire.

Voci concitate che somigliavano a ululati scheggiavano l'aria e si avvicinavano a una velocità inaudita verso il Pozzo della Verità.

I fuggiaschi si erano appena allontanati cinquecento metri che una pattuglia di uomini col corpo coperto da ramoscelli d'alberi arrivò sul luogo. Gli indigeni aprirono la porta d'ingresso e furono inghiottiti dalla galleria. Riapparvero intorno al Pozzo della Verità pochi minuti più tardi. Portavano con loro un piccolo carico d'oro. Tutto apparve normale agli occhi del capo, il quale fece depositare gli oggetti e si rimisero all'inseguimento dei fuggitivi.

Cyrus e Dolcezza si muovevano con estrema cautela sulla traiettoria del villaggio europeo ancora lontano e che per lei era diventato solo un miraggio. Le prime luci apparivano nel cielo. Tremolavano. La brezza serale accarezzava le foglie che vibravano a ogni suo sussurro. Chissà che cosa si racconterebbero tra di loro… Il sole si era già allontanato da un pezzo dietro la coltre dell'orizzonte. I diversi suoni degli animali davano vita a una specie di orchestra che rallegrava la boscaglia fino alla nascita del nuovo sole. A un certo punto, i due fuggitivi caddero a terra stremati, l'una accanto all'altro, senza la forza di proferire una parola, ma solo sospiri profondi. Si addormentarono.

Si svegliarono tardi. Dolcezza faceva fatica ad aprire gli occhi. Si sentiva ancora priva di energie. I pensieri giravano nella sua testa come un carosello. Lui la vide sudare profusamente e si tolse la camicia per asciugarle il sudore dalla fronte. "Dai, Dolcezza, ancora un poco e saremo salvi."

Lei scosse leggermente la testa. Le forze la stavano abbandonando. Si volse a lui e disse con un fil di voce: "Vita mia, non ce la faccio più. Sono arrivata alla fine del mio viaggio."

Cyrus trasecolò. Quelle parole lo allarmarono. "Ma che dici, mio amore. Non parlarmi in questo modo. Ho bisogno di te. La nostra salvezza è a portata di mano. Non puoi arrenderti ora."

Lei aggiunse: "Credo di aver contratto una vostra malattia. Non so se si tratti di una febbre altissima o della malaria, sconosciuta tra di noi." "Vuoi dire che l'hai contratta da me?" e si abbandonò in un pianto a dirotto.

Lei pose la mano sulla testa di lui e lo accarezzò. "Senti amore mio, promettimi una cosa."

Cyrus la strinse fortemente a sé ed esclamò: "Dimmi, vita mia." "Non dare a nessuno lo zaino con le pietre. Servono per il tuo futuro." Le labbra tremarono e diventarono livide. Poi chiuse gli occhi, chinò la testa sul cuore di Cyrus e spirò.

CAPITOLO 12

In cerca di suo fratello

Col cuore affranto dal dolore, Cyrus diede sepoltura a colei che lo aveva salvato da un sicuro atto cannibalistico e gli aveva spianato la strada verso il futuro. Ma, più di tutto, si era immolata per amore. Seppellì alla meglio in un fosso naturale il cadavere della ragazza e lo coprì con tronchi d'albero secchi, caduti, per proteggerlo dagli animali. Mise una croce sulla tomba e la pianse amaramente. Alla fine aveva fame e aveva perso molto sonno. Con le poche forze residue, riuscì ad aggiustarsi lo zaino sulle spalle e si allontanò claudicante con il cuore in gola. Di tanto in tanto, si voltava per timore che gli indigeni lo stessero seguendo. Avrebbe voluto disfarsi di quel carico pesante, ma resse alla tentazione per onorare a tutti i costi la volontà della sua amata.

Dopo un giorno di cammino spossante, riuscì a raggiungere le prime abitazioni degli occidentali. Gli abitanti erano in maggioranza portoghesi. Il nucleo restante era formato da capitalisti americani, inglesi e francesi. Tutti erano voraci proprietari terrieri, deforestatori, spacciatori di droga, cercatori di miniere d'oro ed esploratori di pozzi petroliferi. Nella loro diversità erano accomunati da un solo desiderio o miraggio: l'espropriazione dei beni dei poveri indigeni e, quindi, il vassallaggio al dio denaro.

Con i soldi risparmiati per il lavoro con la compagnia americana, Cyrus si affittò una casupola. Tenendo fede alla parola data a Dolcezza, scavò un fosso vicino al suo lettino e seppellì lo zaino. Alla fine dell'operazione grondava di sudore, era stanco e affamato. Si rifocillò brevemente in una vicina locanda portoghese e si diresse speditamente al fiume per lavarsi. Si spogliò dietro un albero e si tuffò nell'acqua. Sulla pelle erano incrostati molti insetti. Fece una fatica enorme per liberarsi di loro. Lanciò un'occhiata agli indumenti. Erano inguardabili per il sudiciume. Li immerse nell'acqua e li strofinò sulle rocce adiacenti al letto del fiume. Il lavaggio durò parecchio tempo. Stese i panni sui rami di un albero per asciugarli e si distese al sole incurante di quelli che venivano a bagnarsi o a nuotare. Una ragazza tirò fuori dalla borsa una camicetta e gli coprì le parti intime.

Alzatosi il giorno seguente con le idee chiare, Cyrus iniziò una intensa ricerca di suo fratello. Domandava a tutti coloro che si addentravano nella giungla se avessero visto o sentito di lui. Le risposte erano frammentarie. Alcuni avevano idee nebulose; altri giuravano che lo avevano visto trafficare coi Tupi. Da quelle voci discordanti, Cyrus non riusciva districare la matassa e rimase nel limbo. Un indizio glielo diede una donna dai facili costumi che passeggiava ogni sera sul marciapiede dove lui abitava. Veniva dalla costa atlantica, dove i Tupi si erano trasferiti. Fu lì che aveva visto una grande insegna, "Marco Asfalto", esposta in varie strade principali. Al di fuori di quell'indizio, non seppe fornire ulteriori dettagli.

Cyrus non riusciva a darsi pace. Quel nome era comune in Brasile. Anche se gli evocava memorie fraterne. Per verificarlo doveva viaggiare per una settimana. E aveva bisogno di soldi. Nell'abitato di frontiera riuscì a localizzare un ufficio della compagnia presso cui aveva prestato servizio e, fortunatamente, riscosse la paga con qualche arretrato. Gli fu rinnovato l'invito al lavoro ma lui rifiutò cortesemente e si preparò per la prossima avventura.

Il giorno seguente si mise di nuovo al lavoro e riesumò il suo zaino. Lo mise sulle spalle e si avviò alla fermata dell'autobus di fronte a un bar. Non aveva alcun progetto in mente. Gironzolava per pensare, raccogliere informazioni e decidere. Di nuovo ritornò dalla donna con la quale aveva parlato in precedenza. Questa volta gli rispose un poco seccata: "Te l'ho già detto. Vuoi che te lo ripeta? Tra gli indigeni esistono diverse sensibilità. Molti di loro preferiscono vivere con la natura e, quindi, liberi. I Tupi, invece, hanno cambiato dimora e si sono trasferiti sulle coste occidentali dell'Atlantico dove si sono dati alla coltivazione di fagioli, tabacco, patate, granturco e zucche. In quelle terre lasciate dietro, questo Marco ha cominciato a fare fortuna. Era una questione di lucro. La gente parlava di lui. Lo consideri un'anomalia? Che altro posso aggiungere?"

Cyrus abbassò la testa in segno di vergogna. Tutto gli sembrava surreale. Forse era stato il ricordo di Dolcezza, non lo sapeva nemmeno lui. Intanto le risorse finanziarie si andavano riducendo ai minimi termini. La penuria non gli permetteva sonni tranquilli. Il pensiero inevitabilmente tornava a suo fratello. Se lo avesse trovato, avrebbe partecipato attivamente al suo commercio, confessato i suoi sogni, rivelato le sue passate vicissitudini e il motivo per cui non voleva abbandonare il suo obiettivo.

Un tir si fermò a poca distanza da lui. Sulle pareti esteriori campeggiava la scritta "Macapá". Cyrus si ricordò della donna che gli aveva riferito di aver visto l'insegna "Marco Asfalto" proprio dove era diretto il conduttore e ciò gli infuse un entusiasmo indescrivibile. Aspettò che il camionista tornasse dalla taverna dove si era recato per dissetarsi e comprare alcune vettovaglie. Prima che potesse entrare nella cabina, Cyrus gli chiese gentilmente dove fosse diretto. "A Macapá" rispose lui.

Il giovane lo fissava incapace di parlare, di chiedergli se gli dava un passaggio. Dopo qualche attimo l'uomo lo scrutò da cima a fondo. "Perché vorresti andare lì?" chiese in tono deciso.

"È… è che… è che io ho bisogno di aiuto."

"De onde você é?"

"Eu venho da Itália."

"Onde você está indo?"

"Vou para Macapá mas não tenho dinheiro."

"Eu falo italiano tamben. Ti do un consiglio. Scappa da qui. Questi posti sono accozzaglie di violenze personali. Troppi intrighi, interessi privati, spaccio di droga, diffusione della prostituzione, malattie…"
"Qui c'è spazio per la droga?" domandò sorpreso Cyrus.
"Qui c'è spazio per ogni tipo di illegalità."
"Per questo voglio andar via" rispose prontamente Cyrus.

Il conducente diede un'occhiata in giro e aggiunse con disprezzo: "Guarda, questa è la società che lasciamo in eredità ai nostri figli. Di questo passo andiamo direttamente a Sodoma e Gomorra. Il fumo che vedi uscire da queste taverne è lo stesso fumo che distrusse le due città bibliche."

Quelle parole ebbero un effetto imponente su Cyrus, il quale rimase turbato da quelle riflessioni religiose che uscivano dalla bocca di un autista. Gli autisti sono conosciuti come bevitori e uomini di bassa levatura morale, ma quello era unico. Non sapeva che pensare di lui. Alla fine esclamò: "Ma io sospetto di te."
"Perché non ti fidi di me?" rispose il conducente con un sorriso sornione. "Tu maneggi il linguaggio con disinvoltura. Mi fai pensare che hai studiato. Non è vero?"

Il conducente temporeggiò a lungo prima di rispondere. "Va bene" rispose finalmente. "Io studiavo in seminario per diventare prete."
"Hai visto che ho indovinato?" rispose Cyrus in tono entusiastico come se avesse vinto alla lotteria.

Al conducente piacque quell'atteggiamento gioviale e si decise a spiegargli la sua storia personale. Guardò diritto davanti a lui come se fosse assorto in pensieri profondi e disse: "Io ero invaghito di una giovane nobildonna vedova. Tutto filava liscio finché qualche confratello si accorse delle mie scappatelle e lo riferì ai nostri superiori. Messo di fronte alle prove, non seppi mentire. Il direttore mi pose davanti a due alternative: o mi allontanavo dalla città o avrebbe esposto il caso sui giornali. Io non avevo altra scelta."

Cyrus lo seguì incuriosito senza batter ciglio. "E lei? Cosa fece?"

"Bella domanda" si difese il suo interlocutore. "Da quello che so, lei non uscì più di casa dalla vergogna. Si vociferava anche che avesse abbandonato la sua dimora e si fosse chiusa in un convento. Io non posseggo ulteriori informazioni." Fissò Cyrus negli occhi e disse: "Le donne, vedi che fanno le donne?"

Cyrus preferì evitare di essere coinvolto in quella tematica. "Allora? Mi offri un nascondiglio, un pertugio?"

"Ascolta!" rispose l'uomo dopo aver pensato un poco. "Il camion non è uno strumento efficace, per quanto utilizzabile, a raggiungere il tuo fine. Ci si impiega molto tempo." Scosse la testa e aggiunse: "La cabina è occupatissima. C'è un pochino di spazio dietro, ma devi buttar via lo zaino coi tuoi vestiti. Che hai dentro?"

"Come hai detto tu, porto cose personali. Nient'altro. Sono disposto a mettermelo in testa, ma non posso privarmi di esso."

L'autista scosse la testa. "Sei testardo. Fa come vuoi. Io ti ho avvertito. In una settimana saremo a destinazione, se tutto andrà bene. Ora vieni dietro e procurati un poco di spazio. Partiremo in due minuti." Lo condusse dietro il tir, aprì la porta e gli mostrò dove doveva accomodarsi. "Starai scomodo, ma è una tua scelta."

Cyrus non riusciva a stare nei panni per la gioia. Dalle labbra gli sfuggì un "grazie" molto debole.

L'autista chiuse la porta con un asse d'acciaio e si avviò verso la cabina. Si allacciò la cintura di sicurezza e mise in moto il tir. Questo tossì convulsamente una dozzina di volte prima di prendere fiato. L'autista mise la marcia e abbassò il piede sull'acceleratore. Il camion lasciò dietro di sé un'immensa nube nera che offuscò l'aria rendendo impossibile la visibilità per un po' di tempo. Quantunque la posizione di Cyrus fosse alquanto scomoda, gli sfuggì un sospiro di sollievo appena sentì le ruote del mostro meccanico muoversi.

Dopo una settimana di tormentato viaggio, il camion finalmente si riposò a Macapá. Dopo il commiato, Cyrus, il cui corpo gli doleva orribilmente, barcollava per le strade senza meta sotto il peso insostenibile dello zaino.

Macapá è situata di fronte all'estuario, sulla riva sinistra del fiume Amazzonia. Salì a rango di capitale dello stato di Amapá nel 1088. Conta quasi mezzo milione di abitanti e il clima si aggira sui 32 gradi centigradi. È conosciuta come una città piovosa. Piove buona parte dell'anno, da dicembre ad agosto. Un monumento, nel centro della città, segna il punto di divisione della Terra nei due emisferi. Qualsiasi persona, allargando le gambe, può trovarsi con una gamba in un emisfero e con l'altra in quello opposto.

La seconda città degna di nota è Belém, a 330 chilometri a sud.

Il tir si era addormentato nella periferia di Macapá. Non era una delle aree migliori. Anni di degrado avevano consegnato la zona in mano ai fuorilegge, che la dominavano con impunità e con la connivenza di alcuni elementi istituzionali.

La maggioranza degli abitanti era formata da gentaglia che si improvvisava imprenditrice per ovvie ragioni di facile guadagno. Molti si avventuravano nella giungla attratti dai giacimenti auriferi, dall'estrazione di petrolio, deforestazione e produzione di cannabis. Ognuno di loro cercava di valorizzare le eccellenze della giungla per il proprio profitto personale. Questo era il ritratto di una buona parte degli abitanti della città. Coloro che mancavano di una spinta imprenditoriale, preferivano l'ottima paga delle compagnie petrolifere. Tutti gli avventurieri, indistintamente dal loro ceto sociale, erano consapevoli di mettere a repentaglio la loro vita, a causa alle incursioni insidiose degli indigeni i quali, alla mancanza di armi da fuoco, sopperivano con delle cannucce da cui partivano frecce velenose.

Di notte, per le strade della periferia, giganteggiavano le insegne luminose al neon di locali notturni e locande, dove era reperibile qualunque tipo di bevanda o di droga.

Cyrus camminava lentamente guardando ovunque per trovare una stanza in affitto. Una giovane donna lo notò. S'accorse che aveva un'aria spaesata e gli chiese cosa cercasse. "Veramente, per ora, vorrei trovare un poco di spazio per dormire."
"Caro giovanotto, qui c'è sempre spazio per la droga. Per dormire meno."

"E la polizia?" protestò lui con fare ingenuo.

La ragazza si lasciò sfuggire una risata. "Raramente effettuano controlli a tappeto che, guarda caso, portano a magri risultati. Ciò ci dovrebbe spingere a fare delle riflessioni sulle modalità. Ad ogni modo, sappi che questa zona è territorio di gente con precedenti penali."

Cyrus fremette di paura. Appena si riprese, disse a bassa voce: "Io vorrei trovare anche un ripostiglio, solo provvisoriamente."

"Se è per questo, io posso suggerirti un posto dietro quell'angolo." E puntò il dito in quella direzione. "Non è uno dei migliori, però costa poco."

"Mi accontento" e mostrò subito i suoi vestiti. "Come vedi, io sono povero."

"Non c'è bisogno che me lo mostri. È evidente" rispose la ragazza con un mezzo sorriso. "La povertà si trova nelle tasche dei poveri. L'altra povertà, quella morale, si trova nelle alte gerarchie della nostra società. Ma tu cosa fai con questo zaino sulle spalle che pesa come un macigno?"

"È vero" ammise lui. "È un fardello che devo portare per il resto della mia vita."

La ragazza fece un cenno incredulo aggrottando le ciglia. "Ma come? Non capisco. Ad ogni modo sono faccende personali e io non voglio interferire."

Lui diede uno sguardo incontrovertibile a un grande cartellone che mostrava un vecchio nell'atteggiamento di elemosinare. Lei lo prevenne dal fare una domanda: "Quella foto è emblematica di una società divisa. La foto veicola un insulto ai meno abbienti. Come puoi leggere, neanche il programma che offrono ai poveri è onorevole." Voleva seguitare a discutere in senso lato di quell'aspetto degradante della società ma si trattenne e passò oltre. "Ma tu da dove vieni? Dove vai? Chi cerchi e che ti ha portato a toccare queste sponde?"

"Io, veramente, vengo dalle remote aree della giungla amazzonica. Sono in cerca di un mio fratello. Mi fu detto che forse si trova in questa città."

La ragazza apparve soddisfatta della risposta: "Mi permetti di chiederti il nome?"

"Marco."

"Marco?" ripeté lei e rimase assorta per alcuni secondi. "Non sarà mica quel ricco che ha la macchina asfaltatrice?"

Gli occhi di lui si distesero nelle orbite. "Ricco hai detto?"

"Eh sì, è conosciuto dappertutto, anche nelle sfere politiche."

"Ma che dici?" rispose lui meravigliato.

"Ascolta. Io sto per laurearmi all'università. Voglio fare la giornalista. Ti puoi immaginare. Cerco di essere al corrente di tutto ciò che accade nel paese, in particolar modo a Macapá. Marco costruisce le strade nella giungla ed estende le sue conoscenze a tutti gli alti livelli, industriali e politici. Ammesso e non concesso che sia lui!"

Il volto del giovane si trasformò in una maschera di felicità. "Devo anche aggiungere che si è un poco allontanato dal popolo. Una volta era la sua linfa vitale. Purtroppo, il denaro è stato l'artefice delle più immani ingiustizie e misfatti dell'umanità."

"E le donne? E il gioco d'azzardo? Dove li mettiamo?"

La ragazza scoppiò in una fragorosa risata. "Non pensavo che le donne fossero pericolose al pari dei soldi."

"A Cervinara vige un detto popolare secondo il quale 'Carte e donne fanno quello che vogliono'."

La ragazza si lasciò sfuggire un'altra risata che mise in evidenza una dentatura splendente. "Lo credi davvero?"

"E perché dovrei dubitarne?" asserì lui senza fare una piega.

"In amore...?

"Anche..."

"Raccontami le tue esperienze amorose" chiese lei curiosa.

Lui si passò le mani sul volto. "In verità io sono stato protagonista di molte vicende che hanno lasciato in me uno strascico di delusioni. Tutto qui..."

Lei lo ascoltava incantata e si aspettava più dettagli. Lui, invece, cadde inopinatamente in un silenzio assordante. Sembrava assorto in profondi pensieri. La ragazza se ne accorse. "Eh, che fai?" lo svegliò. "Hai perso contatto con la realtà?" S'accorse che non desiderava rispolverare tristi ricordi e cambiò tematica. "Guarda che il nome Marco è molto comune da queste parti. Quindi non t'illudere."

Il giovane ammise: "E se fosse davvero lui mio fratello?"
"Può darsi, ma sai quanti ragazzi hanno cercato di penetrare all'interno della sua famiglia spacciandosi per il fratello o il figlio?"

Cyrus allungò la testa verso di lei. "Davvero? Non immaginavo che certi tipi scendessero a un livello così basso."
"Eh, caro mio, tu vivi nel mondo dei balocchi. Sei troppo ingenuo."
"È sposato?" chiese lui con trepidazione.
"Certo, ha due figlie e un figlio."
"Sai dove abita?"

La ragazza annuì e attese una risposta che non arrivava. Lui fu assorbito di nuovo in una lunga meditazione. Lei cercò di scuoterlo dal torpore. "Se vuoi, ti posso anche dare un passaggio. Per ora devi concentrarti a trovare un posto perché se non risultasse lui tuo fratello ti troveresti in mezzo alla strada senza alloggio, lavoro o soldi. In tal caso, l'unica via d'uscita sarebbe l'elemosina. Io non credo che tu possa accettare quest'ultima alternativa."
"No, no" protestò lui. "Io non faccio parte della schiera dei mendicanti. A me piace lavorare. Io non voglio niente gratis."
"Bravo!" rispose la ragazza con risolutezza. "Mi piace la tua attitudine. Allora segui il mio consiglio."

La ragazza incominciava a covare sentimenti d'affetto o anche d'amore. Lui non se ne avvide. La sua mente era un turbinio di pensieri recalcitranti. Voleva appurare al più presto la verità sul costruttore di strade.

Lei lesse i suoi pensieri. "Vedo che a te piace sognare, ma non ti allontanare troppo dalla realtà. Potresti perderti nella giungla dei sogni, e poi?"

Il vento caldo d'estate sollevava la polvere e la scaraventava sulla faccia dei passanti, annoiati da tanta impietà eolica. Lo stesso Cyrus si stropicciava gli occhi per liberarsi da quella polvere che gli rendeva difficile la vista. Era quasi mezzogiorno e l'odore della carne arrostita sulla griglia, davanti ai ristoranti, solleticava le narici e rendeva la respirazione un poco provocante e affannosa. Cyrus diede uno sguardo attorno e notò alcuni uomini con l'uniforme del comune seduti sui marciapiedi. "E quelli che fanno lì?" domandò.

"Radiarli dall'amministrazione comunale sarebbe un'apocalisse sociale. Il governo tollera questo comportamento atipico e abulico per mantenere un equilibrio nell'ambito lavorativo. È molto facile andare con la corrente anche se a volte si va alla deriva. Questi sono quasi tutti indigeni, come vedi. Di sera sono strafatti e sbronzi. La desertificazione delle loro terre ha portato a uno spopolamento di quelle zone, che restano incolte o sfruttate dai nuovi occupanti. Tra di loro il declino cognitivo è preoccupante, addirittura spaventoso in molti casi."

"Ma scusa," la interruppe il suo interlocutore "non sarai forse un avvocato o una futura politica?"

Lei sorrise. "Sto studiando giurisprudenza in relazione ai media. Il mio non è un attacco alla società civile, ma è una critica ideologica alla programmazione. Ma adesso basta. È tempo di andare."

"Dove? Io non ho un nido."

"Appunto! Non cerchi un tetto e un lavoro?"

"Eh, sì."

"Allora seguimi. Come ti ho accennato precedentemente, ci sarebbe la possibilità di affittare una stanza a prezzo modico ma, adesso, mi sono ricordata del ristorante laggiù. Cercano un lavapiatti. È probabile che abbiano un cantuccio riservato, dietro la cucina, per un lettino. Ti farebbe comodo. Risparmieresti una barca di soldi. Tra poco scade la formalizzazione della richiesta di lavoro. Corri!"

Strada facendo la giovane gli chiese: "Con che mezzo sei venuto? Con un tir? Guarda che i conduttori sono poco affidabili e di dubbia etica professionale. O sei venuto in treno? Adesso vengono considerati ecologici."

Cyrus scosse la testa. "Non mi posso lamentare dell'autista. Sono stato benedetto dal cielo. E poi tu stessa puoi constatare che sono un pezzente. Ho trovato rifugio nel retro del camion. Ho dovuto adattarmi alle circostanze. Cosa vuoi?"

Arrivarono davanti al ristorante. La folla era già assiepata sui marciapiedi. "A scanso di equivoci, ti dovrebbero offrire il lavoro."

"Speriamo in bene. Io sono disperato."

La ragazza entrò e confabulò brevemente con il proprietario.

Alla fine, lui prese il cartello di ricerca di lavoro e lo gettò nella pattumiera. "Digli che venga dentro e inizi subito a lavorare. Gli offro dieci *cruzeiros* l'ora, tre pasti diurni inclusi e un posticino per dormire."

Lei fece cenno a Cyrus di entrare. "Ecco, il signore ti ha offerto subito il lavoro."

Il datore di lavoro scambiò pochi convenevoli con lui e domandò. "Ma a che serve questo zaino?"

"Signore, non si preoccupi. Non le darà fastidio. Conservo alcune cose personali. Nient'altro."

"Hai l'aria di un montanaro." Ma non volle insistere. Gli indicò il lettuccio e lo invitò a lavare i piatti sporchi che si erano già accumulati dentro il lavandino. Cyrus era raggiante di gioia. La ragazza esultò. "Hai visto? Tutto va per il verso giusto." Nell'accomiatarsi lo abbracciò e gli diede un bacio sulla guancia. "Boa sorte! Ci vedremo in questi prossimi giorni."

Cyrus rimase di stucco. Non riusciva a metabolizzare il rapido corso degli eventi. Stette lì puntato per alcuni secondi seguendo la sconosciuta con lo sguardo. Il datore di lavoro gridò: "Sei venuto qui per lavorare o per guardare le ragazze?"

CAPITOLO 13

Delusione e ritorno

Marco abitava alla periferia nord della città. La residenza somigliava più a un palazzo principesco che a una dimora normale. Secondo le fonti più attendibili, l'edificio contava quattordici stanze da letto, ognuna dotata di un bagno privato e bidet. Si vociferava che le vasche da bagno fossero intarsiate d'oro e che i letti avessero i baldacchini, proprio come si usava nei palazzi reali. Inoltre vi erano due cucine grandi, una sala da pranzo, che poteva contenere una cinquantina di persone, e un'ampia sala d'aspetto. Il mobilio era stato importato dall'Italia. I candelabri, che giganteggiavano ovunque, erano di produzione veneziana. L'edificio era circondato da un terrazzo circolare a cui si poteva accedere da qualsiasi angolo dell'interno. Un muro di vetro di colori variopinti e a prova di proiettili si alzava o si abbassava attraverso un cellulare. Le porte erano dotate di un meccanismo elettronico girevole che si azionava digitando un codice conosciuto solo ai familiari. Le doppie chiavi erano custodite in una cassaforte della banca. Le scale e gli ascensori permettevano l'ingresso al piano superiore. Il pavimento delle camere da letto era coperto interamente di parquet levigato, mentre il resto era ricoperto da un marmo dai colori variopinti.

Il palazzo era circondato da un muro alto tre metri con filo spinato in cima e camere di sorveglianza ogni dieci metri. L'entrata principale era dotata di un cancello di acciaio inossidabile della stessa altezza del muro ed equipaggiato con tutti i congegni dell'elettronica moderna. Quattro guardie avevano il compito di sorvegliare ventiquattro ore al giorno tutto il complesso. Chiunque entrasse era fotografato e gli venivano prese le impronte digitali, oltre alla rituale perquisizione per droga o armi.

Nel vasto giardino spiccavano due piscine dalle acque colorate, e luci sovrastanti in ogni angolo. I lati erano costeggiati da fiori e piante esotiche della foresta amazzonica. Intorno all'acqua si ergevano sorgenti naturali o termali di acqua calda che zampillavano di giorno e di notte, durante la quale grandi riflettori illuminavano tutta la zona. Rinforzavano la guardia quattro cani lupo ospitati sotto alberi secolari e giganteschi nel giardino.

In questa dimora, Marco aveva ospitato e ospitava le più alte autorità del commercio e della politica locale. La lista si ampliava ad alcune personalità di alto rango, anche a livello nazionale, in occasione di feste speciali o prima delle elezioni.

Dietro questo quadro favoloso si nascondeva un mito, una vita leggendaria. Due volte l'anno, a Natale e a Pasqua, Marco offriva un pranzo speciale a tutti i poveri della città. C'era cibo, birra e vino a profusione per tutti. Questa sua vicinanza al popolo gli aveva guadagnato un grande affetto. Ciò spiegava il corteggiamento dei politici verso di lui. Senza dubbio molti erano coloro che cercavano di guadagnarsi la sua amicizia e solidarietà per convenienza o per altri motivi personali. Ma era altrettanto vero che lui disponeva del loro appoggio per vincere gli appalti della costruzione di strade nella giungla amazzonica e delle autostrade. E così aveva costruito un impero.

La notorietà comportava anche rischi. Nella vita pubblica Marco era sempre circondato da quattro guardaspalle. Erano giovani che somigliavano più a gorilla che a esseri umani. Avevano una muscolatura possente e nascondevano pistole sotto le loro giacche. Chiunque si fosse azzardato a toccare il loro datore di lavoro, sarebbe volato in aria come una foglia. Chi voleva complimentarsi con lui o salutarlo da vicino doveva aprire le mani. Il timore era che qualcuno potesse nascondere veleno o qualche utensile corto e tagliente.

Si rumoreggiava che Marco, all'inizio della sua venuta in Amazzonia, fosse stato prigioniero degli indigeni. Qualcuno ipotizzò anche che lo avessero torturato o ucciso. Nessuno seppe mai la verità. Né lui mai si soffermò sulle sue avventure nella giungla. Le ipotesi sovrastavano la realtà anziché sottomettersi a essa. Cyrus aveva raccolto quelle voci diffamanti che, anziché scoraggiarlo, lo avevano spronato nella sua affannosa e pericolosa ricerca della verità.

La moglie era una bellissima donna nativa di São Paulo. Aveva un fisico statuario, con capelli lunghi e di color castano, insieme a un sorriso seducente. Dietro a quegli occhi a mandorla ammalianti, però, si nascondeva un carattere autoritario. Nessuno sapeva se quell'aspetto della personalità l'avesse ereditato da suo padre o acquisito nel tempo per proteggere suo marito.

La studentessa che aveva aiutato Cyrus a trovare un lavoro, l'aveva conosciuta in qualche occasione e aveva fotografato bene il suo carattere; tuttavia, per motivi di studio, non poté accompagnare il suo amico al primo tentativo di incontrare il fratello. Non vedendo la sua presunta cognata da due settimane, Cyrus decise di forzare i tempi. Prese un autobus e scese in prossimità del palazzo. Chiese informazioni e si mise in cammino per raggiungere l'ingresso.

I suoi vestiti erano sgualciti e sporchi. Non era ancora stato pagato, quindi non aveva avuto la possibilità di comprarsi un paio di pantaloni e una camicia. Il caso volle che la moglie di Marco si trovasse a confabulare con le guardie. Due giovincelli si avvicinarono e le chiesero di suo marito.

"Non c'è. Mi dispiace" fu la sua secca risposta.

"Guardi signora devo vederlo. È urgente" disse uno di loro.

"E perché dovrebbe esserlo?" rispose lei con un gesto di sfida.

"Sono suo fratello."

La donna abbozzò un mezzo sorriso sarcastico. "Va bene, va bene" e si apprestò a rientrare.

L'altro giovane gridò: "Signora non se ne vada. Per favore, io sono suo figlio."

"Io non sapevo che mio marito avesse figli e fratelli dappertutto. Questa è davvero una novità per me." Si girò e fece cenno a una guardia di accompagnarli fuori dal recinto esterno.

Cyrus osservò la scena senza batter ciglio. Non poteva crederlo. "Come?" si domandò, "Marco ha un altro fratello? Questo è assurdo. Ma si tratta davvero di mio fratello?"

Rimase abbastanza sconvolto dal comportamento della signora e ritornò a casa amareggiato. Due giorni dopo, apparve di nuovo davanti al cancello di ferro. Anche questa volta dei disperati chiedevano aiuto. Era gente povera che viveva ai margini della società. Avevano messo a tacere il loro "io" per la loro incapacità di reagire alle avversità della vita. Avevano abdicato a se stessi. Ognuno di loro pretendeva di essere un parente. Quando si accertarono che le loro preghiere non venivano esaudite, iniziarono una vivace protesta. Le guardie dovettero intervenire energicamente per evitare il peggio. Dispensarono a ognuno di loro una manciata di soldi e li invitarono a indietreggiare ai confini del territorio. Quei poveracci si rifiutarono.

La moglie di Marco aveva equipaggiato ogni stanza con un computer che permetteva la visione esterna dei terreni fino a qualche chilometro di distanza. Da lì controllava la vita esterna e interna del palazzo. Una delle guardie si mise in contatto con lei e le chiese in che modo dovessero risolvere la richiesta dei dimostranti. La risposta fu brutale. Diede ordine di portare al guinzaglio i cani lupo per disperdere i facinorosi.

Il lunedì era giorno libero per Cyrus. Lui ne approfittò per recarsi ancora una volta al palazzo con l'intenzione di affrontare la signora a qualsiasi costo. Mise piede nel recinto esterno proprio quando fece ingresso una macchina lussuosa. Era una

Ferrari. La moglie diede ordine all'autista di fermarsi. Aprì il finestrino e chiese a Cyrus che cosa cercasse.

"Sono il fratello di Marco. Se non le dispiace, desidererei vederlo."

La donna stava dando l'ordine all'autista di proseguire nella sezione del giardino adibito al parcheggio. Una mano sulla sua spalla la fermò.

"Mamma," disse la figlia primogenita, "questo giovane coi riccioli… la faccia… il mento… somiglia a papà."

"Tesoro, sai quanti vengono qui con la stessa pretesa? Inventano, inventano. Vogliono essere accettati come figli o fratelli perché sanno che emigrò dall'Italia e che è benestante."

Il figlio non resistette alla tentazione e gli chiese: "Da dove vieni?"

"Da Cervinara" si affrettò a rispondere Cyrus. I figli guardarono la madre in modo interrogativo. Anche lei, al principio, rimase stupita. Non sapeva come sbrogliare la matassa. Abbassò la testa e disse: "Figli miei, dovete essere cauti in queste circostanze. Chiunque può informarsi sulla città natale di vostro padre. È uno stratagemma, un trucco. Capite? Vogliono spacciarsi per figli e fratelli per usufruire dei vantaggi economici. Lo volete capire? Ammetto che esiste un poco di somiglianza, ma che vuol dire?"

La ragazza più giovane, che non aveva proferito parola fino a quel momento, abbassò il finestrino e gli chiese: "Quanti fratelli e sorelle ha tuo fratello Marco?"

"Siamo cinque fratelli e due sorelle."

"Sì, va bene, recitate alla perfezione la commedia" rispose la madre. Chiuse il finestrino e fece cenno all'autista di entrare. I figli rimasero sbigottiti dalle informazioni precise fornite dal giovane, ma la madre non tollerava disobbedienza.

Nella sala d'aspetto la donna non riusciva a contenere il proprio nervosismo. "Non credo a tutte queste panzane. Il ragazzo davanti al cancello è uno straccione, un povero mendicante che cerca fortuna, come gli altri, dicendo menzogne. Tra due settimane riferirò l'accaduto a vostro padre. Vedremo come reagirà."

La figlia maggiore aumentò la confusione nella madre dicendo: "Madre, nessuno ti ha mai fornito quei dettagli precisi. E poi, la somiglianza, l'accento italiano…"

A quella vaga consolazione sentimentale, la madre si sentiva con le spalle al muro, ma non rimase vittima delle loro insinuazioni. E alla fine decise di riaprire il dibattito al ritorno del padre.

A questo punto, forse, una coltre di dubbio sarà anche caduta sui lettori e lettrici, e l'intera vicenda si potrebbe tingere di ulteriori interrogativi. Perché Marco si era dimenticato della sua famiglia in Italia mentre godeva di un'immensa fortuna? Non era emigrato in Brasile con il proposito di aiutare i suoi fratelli e sorelle? Era succube del carattere autoritario della moglie? Lontano dal paese era diventato troppo egoista e le ricchezze gli avevano indurito il cuore? Questa ridda di ipotesi non sorgono solo nella mente di chi sta seguendo questo percorso letterario, ma anche in quella dello stesso autore, e forse perseguitava anche il nostro protagonista.

Marco era sbarcato in Brasile senza un soldo in tasca. Venne subito arruolato nelle file di una compagnia petrolifera americana e trasportato ai bordi della giungla amazzonica. Mentre il suo gruppo aspettava l'ordine di essere trasportato all'interno, il giovane emigrante conobbe una ragazza italiana missionaria. I due subito simpatizzarono, ma non avevano fatto i conti con un frate francescano al quale "puzzavano i baffi."

Il frate attuò una strategia ben precisa. Allestì una festicciola nella sua missione. Riuscì a mettere insieme una piccola banda musicale e a preparare cibo e vivande per i convitati. Lui si sedette in ultima fila accanto alla ragazza e le fece aprire le gambe. Lei tentò di protestare ma lui insistette nel palpeggiarla in continuazione senza esser visto da nessuno. Lei voleva gridare, scappare, ma per evitare un vespaio di polemiche, soffrì e tacque. Lui si rivolgeva a lei in italiano dato che gli invitati erano quasi tutti indigeni.

Seguirono giorni turbolenti durante i quali lui abusò di lei nel suo ufficio e nella macchina. Lei pianse. Per pudore non lo rivelò a Marco. Avrebbe voluto urlare, esporre il prete all'ignominia, ma scelse la via del silenzio sopprimendo il suo "io" e la sua vergogna. Alla fine non sopportò più e riferì la vicenda al capo missione. Questi, per nulla turbato, insabbiò il caso e le consigliò di non menzionarlo a nessuno e tanto meno a Marco che considerava un giovane immaturo e facile agli impulsi.

La ragazza cadde in preda a una crisi nervosa. Scappò dalla missione e riuscì a tornare in Italia, perdendo ogni contatto con Marco. Convocò un avvocato e i quotidiani italiani pubblicarono la scandalosa vicenda. Davanti alla corte, la difesa perse ugualmente perché nessuno dei commensali capiva l'italiano e non avevano visto il frate in atteggiamenti compromettenti.

Marco, appurata la notizia, ne rimase profondamente turbato perché aveva un debole per la ragazza. Alla fine sbottò: "Ma hanno la vocazione sì o no questi preti? Non capisco il motivo per cui il Vaticano si ostini a non farli sposare. È una questione di onestà intellettuale e religiosa."

Un suo amico gli rispose: "È una questione spinosa. Purtroppo la vita religiosa ha le sue leggi e vanno rispettate. A volte si può anche sbattere contro il muro, ma si ritorna alla partenza. La domanda è un'altra: "Con le mogli, figli e amanti i preti avranno il tempo di pascere le loro pecorelle?"
"Ascolta! Tu dai per scontato che abbiano amanti. Allora tanto vale non sposarsi. La verità è che la castità è per chi può sopportarla."

Il capo missione udì i commenti e convocò nel suo ufficio un capo tribù e alcuni suoi subalterni. La droga e l'alcool scorrevano a fiumi in quei luoghi della giungla. Passarono tre giorni e gli stessi indigeni tesero un agguato a Marco. Durante la notte entrarono nella sua tenda e lo colpirono alla testa con una verga e una pietra.

Marco fu ricoverato in un minuscolo reparto ospedaliero nel paese più vicino. Gli fu diagnosticata una lesione al cervello nel lobo temporale. La prognosi parlava di un mese di degenza. Contrariamente alle previsioni, lasciando la clinica lasciò anche parte della sua vita: la sua memoria. Successivamente, la vicenda si colorò di contorni fiabeschi e si diffuse la notizia in Italia che Marco era stato rapito dagli indigeni e che forse era stato ucciso.

La moglie di Marco non dormiva sonni tranquilli. In famiglia si respirava aria d'impazienza e di dissenso. La gente dei dintorni vociferava che la moglie soffrisse di momenti di panico perché era eccessivamente proiettata verso la protezione del marito, più delle guardie del corpo, e sopprimeva la discussione familiare. I figli avevano capito l'antifona e si mantenevano alla larga da quel tipo di conversazione che evocava dubbi e inquietudini anche se in cuor loro avrebbero favorito un dialogo aperto con Cyrus. Per lei, invece, la situazione aveva raggiunto un livello insostenibile e per questo decise di reagire.

Una mattina di buon'ora, due delle sue guardie del corpo svegliarono Cyrus dal giaciglio e lo portarono all'aeroporto. Il giovane fece appena in tempo a recuperare lo zaino, dato che alle due guardie premeva non perdere il volo. Si imbarcarono con lui e scesero a Rio de Janeiro. Lo accompagnarono su un aereo dell'Alitalia con volo diretto a Roma e tornarono alla loro base. La missione era stata portata a termine con successo.

La notizia che una ragazza avesse aiutato Cyrus e allacciato un rapporto idilliaco con lui giunse all'orecchio della moglie di Marco. La sera seguente la studentessa era pronta per uscire e andare da Cyrus quando sentì bussare alla porta. La presenza di due energumeni la lasciò sgomenta. "Signorina" disse uno di loro "d'ora in poi, per il suo bene, la invitiamo a non contattare più il suo amico italiano ovunque si trovi. Ripeto, è per la sua sicurezza personale."

La ragazza, in preda alla paura, chiuse la porta e sprofondò sul divano. Riuscì solo a balbettare: "Viviamo in un paese democratico?" Ma non si diede per vinta. Giacché era dotata di un carattere forte, non demorse e si presentò al ristorante per ascoltare la reazione di Cyrus. Con somma sorpresa, appurò dal proprietario come, il giorno prima, avessero prelevato e trascinato via il suo amico lasciandolo senza un lavapiatti. "Sembravano dei giganti prepotenti in mezzo a nani e ballerine di poco valore professionale. Hanno maltrattato anche le cameriere. Come vedi hanno ignorato le nostre ragioni solo perché non coincidono con le loro.

La ragazza scoppiò in lacrime e disse al proprietario: "Ho voluto credere che avessero agito con coerenza cristiana quando sono venuti a sequestrarlo nel vostro ristorante. Mi aspetto che i mandanti abbiano un sussulto interiore. Attendo con malcelata impazienza l'incontro con la loro coscienza."

Il proprietario le rispose: "Non mi aspetto nulla di ciò che stai sperando. Sono degli squallidi personaggi, diseducati e senza cultura. Sopravvivono grazie alla loro prepotenza fisica. Io intanto ho perso un gran lavoratore."

Lei abbassò la testa e borbottò: "E io ho visto il mio sogno svanire per sempre."

CAPITOLO 14

Ritorno in Italia

All'aeroporto di Ciampino, Cyrus non andò oltre la dogana. Il doganiere gli chiese cosa avesse nello zaino e lui rispose: "Pietre."

Il gendarme lo guardò tra il serio e il faceto. "Ho capito bene? 'Pietre'?"

"Sì, ha capito bene."

Questi si trattenne dal ridere. "Secondo lei non ce ne sono di pietre in Italia? Doveva andare a raccoglierle in Brasile?"

"Queste hanno un valore speciale" rispose Cyrus in tono serio.

Il poliziotto senza perdere il senso dell'umorismo insistette. "Che tipo di valore?"

"Sentimentale. Non c'è prezzo che valga."

"Ah" proruppe l'altro. "Adesso sono davvero incuriosito."

"Perché?"

Il doganiere abbassò la testa e il tono della voce. "Senta. Anche io avevo una ragazza. Glielo confesso, mi ha tradito. Sto cercando di riconquistarla ma non c'è verso." Il suo volto diventò triste e rimase in silenzio, ma non per molto.

"Io posseggo la chiave che può aprire il cuore della sua amata."

Quella apparente rivelazione ebbe un effetto immediato e svegliò il doganiere dal torpore. "Davvero?" rispose a quell'offerta inaspettata e interessante. "Allora facciamo un accordo. Lei mi dà la chiave miracolosa e io non le faccio aprire le valige."

"D'accordo."

Cyrus slacciò le corde che legavano lo zaino e alzò la coperta. In quel momento gli occhi del poliziotto si spalancarono: "Corpo di mille ragnatele!" esclamò. Luci multicolori, come raggi ultravioletti, si affacciarono sul suo volto abbagliandolo. "Madre misericordiosa! Non ho mai visto tanta luce in vita mia. Ma, ma lei, lei... sa cosa sono queste pietre?"

"Sono sotto i miei occhi."

"Lei vuole convincermi che non sa niente di queste pietre?"

Cyrus scosse la testa.

"Qui c'è un patrimonio di altissimo valore."

"Che vuol dire?" rispose incuriosito Cyrus.

"Queste non sono pietre, ragazzo! Queste sono gemme, diamanti, pietre preziose."

"Non è possibile!" rispose incredulo Cyrus, sospettando di essere oggetto di derisione.

Il suo interlocutore si guardò in giro per assicurarsi che nessuno dei suoi colleghi lo stesse guardando. "Senta, io dovrei farle una grossa multa e sequestrarle i bagagli, ma abbiamo raggiunto un accordo inter nos."

"Quale?" rispose ansioso Cyrus.

"Già se n'è dimenticato?"

Cyrus prese una piccola pietra e gliela porse in mano. "Prenda! Guardi il colore azzurro! L'altissimo valore è di carattere sentimentale. Capisce? Non si concentri sull'aspetto pecuniario, altrimenti il valor svanisce. Lo regali alla ragazza. Cadrà nelle sue braccia come una pera secca."

"Ma sta scherzando? È l'ottava meraviglia del mondo!"

"No, mi dispiace." Lo corresse il viaggiatore. "L'ottava meraviglia del mondo è il Colosseo."

Il doganiere non poteva credere ai suoi occhi. Era esilarante. Si affrettò ad afferrare la pietruzza e la nascose gelosamente nella giacca.

Prima di accomiatarsi, gli disse a bassa voce: "Vada a Piazza Venezia, di fronte al Vittoriano. Ci sono delle famose gioiellerie. Ascolti, a prescindere dal loro valore intrinseco, esporre in vetrina queste 'pietre' sarebbe già di per sé motivo di orgoglio e di soddisfazione per qualsiasi gioielleria."

"Lei insiste sul valore esteriore, mentre io ribadisco l'inestimabile essenza sentimentale, perché brillano nel cuore di un individuo." Si rimise il carico sulle spalle e fu presto ingoiato dalla calca dei passeggeri.

L'agente, con il volto raggiante di gioia, rimase a lungo immerso nella contemplazione del regalo che gli avrebbe forse fatto ritrovare la felicità. Per un po' di tempo rimase alieno al suo dovere. I passeggeri transitavano davanti a lui senza essere interpellati. Allorquando riprese il contatto con la realtà circostante, aprì la bocca e si lasciò sfuggire un commento lapidario: "Ragazzo mio, sei unico come questa pietra preziosa. A volte, anche le pietre aiutano a riconquistare il proprio passato."

Il gioielliere prese tra le mani una 'pietra', la pesò e la valutò cinquemila euro. "Guardi, è un regalo. Il mercato è saturo di questo tipo di 'pietre'. Dove l'ha trovata, in montagna? Ha un valore cromatico e il discorso finisce qui. Ne ha altre?"

"Per ora basta così." Prese la 'pietra' e la rimise nello zaino. "Arrivederci."

"Ma dove va? Aspetti! Ma ha capito? Non sono sufficienti cinquemila euro? Ascolti! Sono una fortuna! Badi bene a quello che fa. Ci mettiamo d'accordo."

Lo afferrò per la giacca e lo tirò verso di sé.

"Facciamo in un altro modo. Le piacciono le mie assistenti?"

E puntò il dito verso di loro, che cominciarono a dispensargli sorrisi smaglianti.

Cyrus si sottrasse dalla stretta e guadagnò l'uscita.

Il gioielliere, per nulla vinto, lo rincorse tra la folla ma era anziano e non poteva competere con un giovane.

Cyrus si fermò in un'altra gioielleria. Mostrò la stessa 'pietra' al proprietario e gli chiese una valutazione. Questi la guardò con stupore e gli chiese: "Dove l'ha presa?"

"Non sono affari suoi" rispose secco Cyrus.

"Mi scusi, non volevo insinuare che l'avesse trafugata. Certo, oggigiorno bisogna stare attenti a mariuoli e a falsificazioni. Noi siamo sottoposti a rigidi controlli da parte della polizia. Quindi abbiamo il dovere di fare domande che possano apparire indiscrete o urtare la sensibilità dell'acquirente o del venditore. Alcune gemme possono essere sintetiche, lo sa?"

"No, questa è autentica. Non è contraffatta."

L'interlocutore replicò nascondendo una falsa calma.

"Permette?"

E passò la 'pietra' al microscopio per verificarne l'autenticità. Scrutava meticolosamente il pezzo pregiato e lo rivoltò varie volte tra le mani prima di pesarlo.

"Mi può sapere quanto lo valuta?" domandò Cyrus con impazienza.

"Guardi che se cerca di imbrogliarmi, rimetto la 'pietra' nello zaino e me ne vado."

"Stia tranquillo!" lo pregò il gioielliere. Noi abbiamo un'ottima reputazione. Abbia fiducia in noi. Facciamo le cose per bene. Non tutte le gemme sono dello stesso valore. Dipende dal luogo d'origine. Per esempio quelle del Myanmar hanno un prezzo molto elevato. Sfoggiano uno stile unico e hanno una personalità invidiabile. Poi le rammento che dobbiamo lavorarle per ogni gusto."

"Come faccio a sapere se una pietra preziosa piacerà alla mia ragazza?"

"Ah, questo non glielo so dire. Una volta tagliata, la pietra difficilmente può essere ritagliata. Lei torni qui e noi cercheremo di indovinare i gusti della sua ragazza. Possiamo anche creare dei disegni abbaglianti, ma questa pietra non ha bisogno di aggiustamenti."

"Scusi, signore, che tipo di gemme sono queste?" e gli mostrò solo quelle che affioravano dall'apertura dello zaino.

Il gioielliere sgranò gli occhi e rimase a bocca aperta. Non aveva mai visto tante eccellenze nel mondo dei diamanti.

"Questi sono rubini, mio caro amico. Il colore rosso denota la rarefazione del cromo. Non c'è dubbio che esistono rubini con altre sfumature. Se vuole, possiamo prepararne alcuni con disegni abbaglianti."

"Per il momento sono interessato al mercato" chiese Cyrus con ansietà.

"Prego, prego." Si affrettò a dire il gioielliere mostrandosi sempre più deferente. "Ci sono rubini che costano centomila euro al carato, altri da cinquecento a tremila euro."

Cyrus, soggiogato dal nervosismo e dalla bramosia di arricchirsi, si grattò la testa varie volte.

"E quali sono i criteri che utilizzate per valutare una pietra preziosa?"

"Signore, il valore dipende dalla genuinità, dal peso, dal colore e dal paese di provenienza."

Cyrus reclinò la testa in avanti e abbassò la voce per non farsi sentire dalle impiegate. "Allora, veniamo al sodo. Quanto mi valuta questa pietra pesante?"

Il venditore scrisse un numero su di un foglio di carta e glielo mostrò. Cyrus sospirò: "Un milione di euro?"

La voce gli morì in gola e stava per perdere il respiro. Per poco non svenne. Riuscì a malapena a controllare il suo impulso e la sua esultanza. Racimolò le ultime energie per reggersi sulle gambe. Dalle labbra gli sfuggirono un paio di parole: "Affare fatto."

In meno di dieci minuti espletarono la pratica. Si strinsero la mano e Cyrus raggiante di gioia si apprestava ad uscire. Il gioielliere lo richiamò: "Mi scusi, ma lei porta altre pietre nella borsa? Se vuole possiamo trattare."

"No, grazie. Per ora basta."

"Siamo a sua completa disposizione."

Cyrus lo salutò con la mano e uscì in fretta. L'euforia per poco non gli fece perdere l'equilibrio e dovette aggrapparsi al manico della porta per non cadere. Dolcezza gli aveva fatto il regalo della vita. Non aveva una meta precisa. La folla lo spingeva in ogni direzione senza che lui avvertisse alcuna spinta. Al primo angolo della strada, si sedette e cominciò a piangere. I turisti che passavano credevano che fosse un mendicante e ne ebbero compassione. Alcuni si apprestarono a lasciargli un euro. Lui, per non essere oggetto di elemosine, si alzò e si mise in cammino per affittare una camera nel più vicino hotel. Impiegò un quarto d'ora a trovarlo. Entrò nella stanza e si buttò sul letto sfinito. Era esilarante.

Il giorno seguente si recò in una banca di via Roberto Malatesta, poco lontano da un negozio di articoli sportivi.

Depositò i soldi e aprì un conto corrente. Il resto della giornata lo passò fra negozi d'abbigliamento e ristoranti rinomati. Appena si risvegliò da quella realtà, tornò dallo stesso gioielliere e vendette tutte le sue 'pietre preziose'. L'ammontare oltrepassava i cento milioni di euro. Cyrus riuscì a malapena a contenere il suo stato d'animo: "Urrà! Finalmente il trasformismo finanziario ha messo mano alla mia tasca. Evviva!"

Il grido di gioia era sintomatico di una liberazione immensa. Lo svuotamento dello zaino si unì in armonia al conto bancario in modo esponenziale. Cyrus trasudava una gioia incontenibile e la visse godendosi per una settimana la Città Eterna. Per il tramonto di Roma, scelse Trinità dei Monti. Ogni pomeriggio andava a sedersi sui gradini per godersi gli ultimi raggi del sole che salutava la città prima ritirarsi oltre la coltre dell'orizzonte. Le strade erano stracolme di stranieri che adocchiavano ogni angolo di strada, ogni palazzo e chiesa per captarne le eccellenze, la storia e la cultura.

Con il passare dei giorni Cyrus si sentiva insofferente, come un leone in gabbia. Aveva molti piani da realizzare e non sapeva dove mettere mano. La sua mente era un turbinio di progetti. Di una cosa era sicuro. Aveva alcuni conti da regolare con il passato. La strada che stava per intraprendere era quella che più gli toccava il cuore.

Senza battere ciglio, si imbarcò di nuovo alla volta di Rio de Janeiro. Da lì prese un volo che lo portò in prossimità della giungla, non lontano dal luogo della sua passata prigionia. Con l'assistenza di alcune guide indigene, ritrovò il posto dove aveva sommariamente sepolto la donna che aveva dato la vita per lui e che gli aveva lasciato in eredità una ricchezza enorme. La fece riesumare e fece deporre il suo corpo in una magnifica bara, con il proposito di completare l'opera a data da determinare.

La tappa successiva fu Macapá. Si mise sulle tracce della ragazza che lo aveva assistito trovandogli un lavoro e un tetto. Raccolse notizie frammentarie su di lei dal suo ex datore di lavoro, secondo il quale la ragazza, delusa per la sua partenza e intimorita per la visita delle guardie del corpo del fratello, si era trasferita in un'altra città per svolgere la sua professione di giornalista.

L'ultima sera a Macapá la moglie di Marco aveva organizzato una festa da ballo invitando solo l'alta nobiltà della città. Il marito era impegnato in incontri politici a Brasilia.

Cyrus scelse delle guardie del corpo; si vestì alla grande; fece degli acquisti; noleggiò una limousine e si diresse al cancello del palazzo del suo presunto fratello. La donna notò il nuovo arrivato che confabulava con le guardie. Interpellò immediatamente gli addetti al cancello, i quali la informarono che si trattava del Conte delle Pietre. Quel nome non era nella lista degli invitati e non se ne ricordava. Al principio sospettò che si trattasse di un equivoco, uno scherzo, ma dato che suo marito costruiva strade e usava pietre, poteva trattarsi di un cliente che non aveva ancora conosciuto. La presenza delle guardie del corpo dava ulteriore spinta al suo impulso.

Cyrus era irriconoscibile con un turbante in testa e con i baffi. I figli del fratello pur non riconoscendolo, sentivano qualcosa di strano per lui, ma si guardavano bene dal rivelarlo alla madre.

Il ballo ebbe inizio con un leggero ritardo. Cyrus chiese di ballare con la moglie del fratello e lei gli concesse la mano. Tutti gli sguardi erano puntati su di lei. A metà ballo, il cavaliere sussurrò qualcosa nell'orecchio della dama che la lasciò di stucco. Avrebbe voluto interrompere il ballo immediatamente, denunciare l'impostore, chiamare il corpo di sicurezza e buttarlo fuori, ma desistette dal farlo. La posta in palio era troppo alta. Non voleva avvelenare la serata solo per la presenza di un individuo che passava per suo cognato e che, in verità, era molto elegante.

Alla fine del ballo, la donna gli bisbigliò: "Mi faccia la cortesia di ritirarsi. La considero una 'persona non grata.' Se è nel suo stile fare pagliacciate, se le risparmi. E se ne vada anche per rispetto alla mia famiglia. Ha ottenuto ciò che voleva. Adesso può sparire dalla circolazione."

Cyrus si fermò crucciato e disse: "Io me ne vado, però dica a mio fratello che né io né gli altri fratelli e sorelle abbiamo bisogno dei suoi soldi. Solo che non si vergogni di noi perché noi non ci vergogniamo né di lui né di voi. Gli dia questo" e lasciò cadere un oggetto nella sua mano. Fece un leggero inchino e abbandonò la sala quasi inosservato dato che il secondo ballo era appena iniziato e gli invitati non si accorsero della sua uscita. Prima di chiudere la porta dietro di sé, lanciò un ultimo sguardo ai suoi nipoti che continuavano a fissarlo.

La donna, intanto, si sedette sul divano e cominciò a respirare con difficoltà. La figlia maggiore le si avvicinò e le chiese: "Mamma, che c'è? Non ti senti bene?"

"No, no, mi sento alla grande, eccome!"

"Chi era quel tizio col turbante? Sembrava un ricco signore."

"Si fa chiamare 'il Conte delle Pietre'."

Quel nome suscitò in loro molta ilarità. "Mai sentito un nome così strano. Forse è un aristocratico di vecchio stampo."

La madre rimase in silenzio e i figli desistettero dal fare ulteriori domande.

Alcuni minuti più tardi, la donna si precipitò fuori in cerca del Conte delle Pietre. Voleva parlargli, scusarsi, chiedere più informazioni. Purtroppo, la limousine si era già dileguata nel traffico.

La donna attese il ritorno del marito da Brasilia e lo mise al corrente della festa da ballo e dell'intruso che si era qualificato come 'il Conte delle Pietre.' Lui indagò a lungo nella sua memoria ma non c'era posto per quel signore.

La moglie aprì la mano ed espose la trottola che Cyrus le aveva lasciato con la speranza che evocasse ricordi fanciulleschi al fratello. Nemmeno quel giocattolo innocuo fece scattare la molla nella sua memoria, e rimase quindi privo di significato. La moglie lo seguiva attentamente in ogni fase dei movimenti degli occhi. Eppure quell'oggetto possedeva qualcosa di misterioso, di magnetico per lui. Aspettò pazientemente la notte, quando il corpo si riposa e i ricordi o vanno in vacanza o si sbizzarriscono come cavalli sfrenati.

Marco non riusciva a dormire. La moglie lo strinse a sé.

"Tesoro che succede?"

"C'è uno scompiglio nella mia mente."

"Dimmi, amore, cosa ti ricorda quel giocattolo?"
"Niente, solo ricordi che si avvicendano continuamente."
La moglie gli toccò le labbra.
"Forse, sei nervoso, amore. Sei troppo stanco per i tuoi impegni. Avrai bisogno di sbloccarti."
"Magari quella fosse la chiave per aprire il vaso di Pandora! Io non ricordo assolutamente niente del passato. I miei genitori, fratelli e sorelle, amici, la casa dove mi hanno visto nascere, la chiesa dove andavo da bambino, le strade dove giocavo. Non ho il più pallido ricordo. Il passato è sepolto nella mia memoria e non riesco a riesumarlo."
La moglie era estremamente interessata a che lui riconquistasse la sua fanciullezza e cominciasse a riviverla. Malgrado i suoi sforzi, la luce non si accendeva in lui. Per spiegare la sua condizione, si rivolse alla moglie così: "Hai presente quei canali televisivi completamente scuri? La mia memoria è come uno di quelli."
La moglie gli pose le dita sulla bocca per non andare oltre.
"Non aggiungere altro, mio grande amore."
Prese la mano di lui e la pose sul suo petto.
"Amore, io ti ho portato dai più insigni specialisti del Brasile. Tutti mi davano speranza, eppure, siamo allo status quo. Guarda caso da questo semplice pezzo di legno sento che si sprigiona una forza arcana, l'unione tra il presente e il passato."
"Mi compiaccio per la passione, il fervore e il calore con cui stai seguendo la mia odissea. Stai mettendo te stessa in questa vicenda personale e te ne sono molto grato. Per ora non sento alcun impulso mnemonico che mi riporti alla gioventù."
"Non ti preoccupare, luce dei miei occhi, vita della mia vita. Il sole sorgerà anche per te uno di questi giorni, e allora rivedrai il tuo passato, lo rivivrai in una nuova ottica, ti sentirai rigenerato."
Lui cercò di fare una ulteriore analisi nel profondo della sua mente, ma lei non glielo permise. Si avvinghiò a lui. Si accorse che sudava. Era quello che lei aspettava. Poi cominciò a sudare anche lei e si dimenticarono della loro conversazione.

Durante la notte, tuoni potenti scossero il cielo rimbombando da un estremo all'altro dello spazio celeste. Seguirono lampi che scheggiavano l'aria e incutevano paura.

L'acqua scrosciante dai tetti sembrava scorresse dentro il cervello. Un altro tuono echeggiò sopra il palazzo e lo scosse dalle fondamenta. Un lampo spaccò il vetro della finestra e lampeggiò dentro la stanza da letto, per fortuna senza causare danni.

Marco si svegliò di soprassalto e gridò: "Cyrus mi hai rubato il giocattolo. È mio! Dammelo! Mamma non me lo vuole dare."

Al quel grido, la moglie si aggrappò a lui come a un'ancora di salvataggio.

"Che vedi tesoro?" gli sussurrò nell'orecchio con aria ansimante.

"Vedo i miei genitori e i miei fratelli. Guarda, il giocattolo di ieri sera è qui davanti a me… La casa, le strade, il parroco…"

Seguì un lungo, assordante silenzio. Si mise seduto sul letto. Sudava profusamente. La moglie si alzò per prendere un asciugamano con cui lo asciugò, per poi cambiargli gli indumenti intimi.

"Amore, torna a dormire" gli sussurrò la moglie.

"Sono più sveglio io del giorno che sta per nascere."

"Allora? C'è qualche novità?"

"Sì, ho ripreso possesso del mio passato!"

"No!" urlò la moglie. "Non lo posso credere! Io credevo a un episodio transitorio, a un sogno, nient'altro che a un sogno."

"Devo chiamare subito mio fratello" aggiunse vinto dal giubilo.

"Non abbiamo il numero di telefono, amore. Non ti preoccupare, sarà lui a contattarti. Intanto stai tranquillo."

CAPITOLO 15

La visione di Primavera

Ignaro della metamorfosi accaduta a suo fratello, Cyrus si mise all'opera per un altro progetto monumentale. La precedente riesumazione della piccola salma di Dolcezza non lo soddisfaceva. Chiamò uno scultore della Valle d'Aosta, già conosciuto a livello nazionale e gli affidò un compito speciale: costruire un mausoleo di marmo di Carrara per custodire le spoglie della ragazza indigena, a cui era profondamente legato. L'epitaffio doveva essere: "A Dolcezza, che per amore è rimasta vittima di una malattia europea ma ha salvato la mia vita e il mio futuro."

Alla realizzazione del primo progetto, ne aggiunse un altro di carattere religioso. Si impegnò a costruire una statua d'oro dedicata alla Madonna degli Indigeni da mettere in cima alla collina che dominava la valle sottostante. Una girandola di luci la illuminavano con colori variopinti e con effetti speciali.

A opera ultimata, gli indigeni rimasero estasiati da tanta bellezza scultorea e per l'onore riservato a una ragazza della loro tribù. Prima di allora nessuno aveva esaltato la loro etnia. Quella statua, nella sua espressione religiosa, rappresentava un motivo di enorme orgoglio per quelle tribù, anche se al principio non ne compresero il significato. I Tupi costituiscono, forse, l'unico ceppo etnico indigeno che sta cercando di dare dignità e credibilità al monumento, organizzando vari pellegrinaggi nel corso dell'anno.

Intanto, il Vaticano richiamò il frate impertinente che aveva molestato la ragazza italiana e lo rinchiuse in un monastero nelle vicinanze di Bolzano. Fu sostituito da un frate francescano di umili origini e di grande devozione alla madre di Gesù. Quest'ultimo si adoperò con amore e perseveranza alla cristianizzazione degli indigeni dall'interno della zona amazzonica fino alle sponde dell'Atlantico, nel nord del Brasile. Lo stesso frate esortò il Papa a invitare gli indigeni e a onorarli nella conferenza amazzonica che ha avuto luogo a Roma nel 2019.

La statua di Dolcezza aveva dato un impulso ulteriore alla loro conversione. Nei giardini vaticani, i Tupi diedero grande risalto alla Pacha Mama, la dea della Terra secondo la loro cultura, portando una sua statua, causa di molto scalpore negli ambienti cattolici. La loro presenza a Roma contribuì alla sponsorizzazione della canonizzazione di Dolcezza. Il dossier passò al vaglio della commissione vaticana per la beatificazione.

Erano passati una decina d'anni da quando Cyrus aveva abbandonato Cervinara e l'Italia. E ora era prossimo a tornare, ma a modo suo. Aveva ancora una questione in sospeso. Si ricordò di uno dei rari momenti intimi che aveva condiviso con Primavera quando erano giovincelli e di una promessa che lei gli aveva fatto. Adesso l'avrebbe messa alla prova.

La stessa scena si era ripetuta durante una prova teatrale della scuola quando le fu chiesto chi volesse sposare. I giovani spasimanti subito si allarmarono per la scelta. Si scatenò improvvisamente una ridda di ipotesi, presto domate da lei che preferì mantenere il segreto. Lui, di carattere introverso e credulone, interpretò quell'atteggiamento come un segno di conferma della promessa. Lei se ne accorse e scoppiò in una risata fragorosa. Lui le chiese: "Ma dici sul serio?" Appena si spensero le risate, lei rispose in tono gioviale: "Perché hai uno stato emotivo così fragile? Impara a essere meno geloso."

I corteggiatori non apprezzarono quei momenti che Primavera condivise con Cyrus. Lei se ne accorse; abbassò la testa e il sorriso si spense sulle sue labbra. Quel ricordo non abbandonò mai Cyrus, neanche quando lei fu trasportata in un ambiente nobile e freddo. Per lei, purtroppo, la vita stava prendendo un'altra piega. Cercava di compiacere sua madre in tutto. Una volta confidò alle amiche: "Voglio vivere la mia gioventù nel migliore dei modi, a contatto con l'eleganza e i soldi." Proprio come la madre le stava insegnando. Le festicciole che spesso organizzava erano finalizzate a quello.

Erano tempi in cui il presente e il futuro si presentavano a Cyrus come un incubo. La vita, poi, aveva cambiato il suo corso generando profonde sorprese. Sentiva tutto il peso della povertà e non c'era modo di liberarsene. Una volta disse in tono mesto: "Anche i ladri devono adeguarsi in tempi di crisi."

Alla Sapienza Primavera si laureò *cum laude* in Economia e Commercio dopo aver abbandonato Giurisprudenza. A Cervinara la madre le comprò un appartamento di fronte ai giardini pubblici dell'antico palazzo scolastico, che fu susseguentemente demolito. La neo-laureata gestiva un ufficio di consulenza finanziaria e viaggiava spesso per motivi professionali. La madre era particolarmente orgogliosa di lei. Primavera era assediata da corteggiatori in ogni angolo del paese, e non solo. Voleva che la figlia convolasse a nozze per darle dei nipotini. Per Primavera, ventisettenne, il tempo si stringeva. D'accordo con la figlia, la madre volle mettere in atto un'idea che considerava geniale.

È stato già accennato in precedenza che il fior della gioventù adorava la giovane e ognuno di loro avrebbe fatto qualsiasi salto pur di portarla all'altare. La madre non voleva offendere nessuna delle famiglie di alto rango i cui figli mandavano regali in continuazione per rubare il cuore di Primavera.

Un ballo in maschera in un padiglione enorme in via Cupa, vicino alla chiesa, apparve come l'idea più convincente. Lì la figlia avrebbe scelto il suo futuro sposo. Naturalmente, la scelta era basata su specifici criteri. Si trattava di considerare l'aspetto fisico, professionale ed economico del pretendente. Si teneva conto anche dell'acquisizione di un adeguato livello di "savoir faire".

Al momento di stilare la lista degli invitati, la figlia domandò: "Mamma, dobbiamo invitare don Vitellone?"

"Anche se è caduto in disgrazia, è sempre stato cortese con me. Molti sono consapevoli delle sue inclinazioni…" e non terminò la frase. La risposta non arrivava. La figlia era meditabonda. In realtà non aveva intenzione di invitarlo, specialmente dopo l'espulsione messa in atto dal vescovo. Se in precedenza aveva espresso una certa comprensione per lui, adesso nutriva parecchie perplessità. Le aveva dato più fastidio un commento che il prete aveva fatto nella sua ultima omelia: "Anche se non sarò più qui, per ovvi motivi di razzismo, voi conoscete la strada che porta alla mia nuova dimora. Venite a me. Io vi do vitalità."

Ancora più preoccupante per Primavera era il passato equivoco del prete che non giocava in suo favore. Era la seconda volta che le due donne dibattevano sullo stesso tema senza trovare alcun accordo. La ragazza non voleva riprendere la discussione perché era conscia dell'amicizia che legava la madre al prete e non voleva far credere alla gente di stare speculando su quella scelta. Per compiacere sua madre, Primavera disse: "Io non ho nulla in contrario. I modelli comportamentali che hanno guidato la società sono scoppiati, sono surclassati. Però…"

"Questi sono casi eccezionali. Anche nella tua cerchia emerge qualche amico o amica poco raccomandabile. Guarda che io ho segnato i loro nomi in questa lista. È tutta gente di alto valore sociale. Nessuno si sogna di dare libero sfogo alla propria libidine anche con un albero, come avrà fatto qualcuno…"

"Se fosse così sarebbe una violenza. Qui parliamo di una festa pre-nuziale" rispose la figlia.

"Allora? Una società sana non può permettere l'esercizio di impulsi sessuali in pubblico? Se ne vedono di tutti i colori in giro. Nessuno, si presume, scende a quel livello, a prescindere dalle tendenze sessuali. Sì, è vero, alcuni immigranti sono stati colti in flagranza… Forse nel loro immaginario pubblico, vivono ancora nelle capanne. Qui parliamo di gente civile. Purtroppo, devi ammettere che i valori morali che erano i baluardi della nostra stessa esistenza sono stati abbattuti come la statua di Stalin e Lenin a Mosca."

"Mamma, bisogna trovare un equilibrio nel rispetto della famiglia tradizionale."

"Concordo con te, per tale motivo, non ti puoi arrogare il potere di sopprimere le inclinazioni sessuali di un determinato genere. Se un uomo e una donna o due uomini si baciano in pubblico è de facto un modus operandi. L'omosessualità fa parte dei vari aspetti della vita umana. Capisco che ci stiamo confrontando con una tematica sociale paradossale per molti ma..."

"Se questo è il caso, dobbiamo accettare la violenza contro le donne, specialmente, il tradimento tra due sposi, la truffa ecc. come elementi della natura umana. Nel caso di don Vitellone, è come se un partito perdesse le elezioni e venisse riesumato per governare di nuovo. La libertà che perseguono quelli come lui è una semplice infatuazione, un fuoco di paglia. Invocano la libertà illimitata, una vita al proprio volere e compiacimento."

"Hai ragione figlia mia. La felicità non è un frutto che puoi cogliere e portare a casa. Bisogna conquistarla e lottare per essa."

La madre carpì dagli occhi della figlia il trauma di aver avuto un'esperienza amara con il prete che le aveva provocato disagi considerevoli, ma cercò di abbassare la tensione.

"Non ti preoccupare, i dileggiatori e i diffamatori non hanno fatto breccia contro l'omosessualità. I calcoli mai rispettano la realtà pratica."

Se questo è il tuo desiderio, attuiamo il motto prevalente nelle nostre contrade: 'Invitiamoli tutti e buona notte ai suonatori'."

La madre accondiscese: "In quest'ottica siamo d'accordo che esistono macchie nere sulla condotta di don Vitellone; d'altra parte, non vorrei essere tacciata di razzismo. Dopotutto siamo amici."

Fece una pausa alcuni secondi e aggiunse annoiata: "Abbiamo trascorso tutto questo tempo dibattendo su di un tema insignificante. Non alimentiamo più polemiche."

"Non è vero. È un tema molto attuale" rispose la figlia con fermezza.

La madre comprese che la figlia aveva forgiato tale atteggiamento dopo la prova del fuoco di don Vitellone e l'incidente d'auto. Purtroppo anche Primavera era molto sensibile alle problematiche della madre. Quelle questioni si intersecavano tra di loro. A volte, gareggiavano per il controllo, ma poi finivano per accettarsi o influenzarsi reciprocamente. Alla fine, Primavera non oppose più resistenza né su don Vitellone né sugli altri invitati. Il discorso si spostò presto sul rito religioso a cui Primavera era decisamente contraria, ma per il momento non si fecero passi avanti.

Dopo aver effettuato la selezione degli invitati, Primavera ebbe un'esperienza che la segnò per il resto della sua vita. Durante la notte, ebbe un sogno che la turbò profondamente. Vide una croce brillante con la scritta "Lux gentis", i cui riflessi erano così intensi che le abbagliarono la vista; scivolò dal letto e si accasciò tramortita sul pavimento. Quel segno fu accompagnato da una voce misteriosa, come un fruscio di foglie accarezzate dalla brezza primaverile.
"Io sono la Via, la Verità, la Vita."

Primavera restò attonita, sgomenta, impaurita e giacque in quello stato per parecchio tempo. Immediatamente dopo la visione si toccò la fronte. Era grondante di sudore. Gli occhi erano ancora appannati e tutto appariva offuscato davanti a lei. Andò in bagno e si lavò la faccia. A poco a poco delle scaglie si mischiarono con l'acqua e riacquistò la vista. Tornò a letto, ma non riuscì più a dormire.

Quel singolare evento notturno sconvolse Primavera. Lo spavento si era impadronito di lei e non riusciva a dare una spiegazione logica a quell'esperienza singolare. Il giorno seguente si chiuse in se stessa, come un riccio, e non volle mangiare. Alla fine fu costretta a rivelarlo alla madre la quale disse: "Figlia, cara, qui la cosa è seria. Non vorrei assolutamente sminuire l'importanza della tua esperienza personale, anzi essa fa da preludio alla cerimonia in chiesa. Similmente devi aspettarti che alcuni ti snobberanno per questo presunto contatto divino che interpreteranno in chiave individualistica. Qualunque sia la verità, non puoi sottrarti al rito religioso. Con questa esperienza spirituale non esistono più equivoci. Non si può tergiversare. Avanti con le nozze in chiesa!"

CAPITOLO 16

La promessa sposa

Era aprile e faceva un caldo pazzesco, mai registrato fino ad allora. Il Padiglione Adelaide era vasto, a forma circolare proprio come il Pantheon. Poteva accogliere fino a cinquemila invitati. Era una specie di campo di calcio attorniato dalle gradinate ed era equipaggiato con aria condizionata da usare per dare fresco in estate e calore in inverno. Il sottopassaggio era adibito a cucina maestosa che si avvaleva di tutta la tecnologia moderna. Il Padiglione era circondato da aiuole colorate di fiori e disegnate in modo squisito. Dava l'apparenza di essere un giardino pulsante dentro una cornice verdeggiante di montagne altezzose e dalle cime imponenti: bellezze che la natura aveva regalato al paese con generosità e con un fascino tutto da scoprire nelle chiome spumeggianti dei castagni, dei fiumi rigogliosi, degli anfratti scoscesi e di una gola profonda e unica, tale da rendersi protagonista della storia di Cervinara. In otto punti equidistanti, campeggiavano giganti proiettori che illuminavano integralmente gli interni.

Secondo le regole prestabilite dalla madre di Primavera, gli uomini dovevano aderire rigorosamente a un codice d'abbigliamento e cioè ognuno era obbligato a portare uno smoking nero. Le donne, invece, avevano libertà di scegliere l'abito serale preferito, ma sempre all'insegna dell'eleganza. Per il rispetto delle regole erano state predisposte davanti alla porta principale quattro guardie. E poi, dal computer personale, lei poteva controllare gli ospiti e i loro movimenti. Internamente, il padiglione conteneva al centro tre fontane zampillanti vino, birra e champagne. Qualcosa che i residenti non avevano mai visto nel corso della loro vita. Bastava premere un bottone per accedere alla bevanda. Intorno alle fontane piovigginanti bevande, erano stati collocati dei tavoli di marmo a forma semicircolare stracolmi di una enorme varietà di cibi, frutta e dolci. Una torta crema e cioccolato a forma di cascata giganteggiava tra le tre fontane senza essere contaminata dal liquido.

Sugli spalti, sempre verso il centro, era stata predisposta una banda musicale di Napoli composta da cantanti professionisti. Davanti alla banda, c'era una piattaforma dove si esibivano i ballerini. Signorine, anche loro vestite in abito nero, camicia bianca e cravatta offrivano agli invitati pesce di ogni qualità come sogliole al forno, gamberi bolliti ricoperti con salsa piccante o con succo di limone. Giovani ragazze, posizionate davanti alla porta principale, distribuivano un numero che indicava il posto assegnato. In più, a ogni invitato, offrivano una maschera da tenere tassativamente per l'intera durata del ballo. Primavera regalò una rosa rossa da esporre sul petto a ogni pretendente. Verso l'imbrunire, una ventina di tassisti posteggiarono la loro macchina davanti all'ingresso con l'incarico di riportare a casa coloro che avessero ecceduto nel bere o che vivessero lontano.

Quel pomeriggio, la calura si faceva insolitamente sentire. La stessa aria condizionata faceva fatica a tenere a bada la calura per l'alta affluenza di convitati. La cupola era costituita da un intricato apparato di legno su cui si poggiavano fogli di bronzo per tenere al sicuro gli invitati, soprattutto da possibili temporali. Alcuni raggi solari si schiantavano sulle finestre vitree e i riflessi si adagiavano sulle fontane zampillanti regalando all'interno uno spettacolo fantasmagorico.

Il corteo della ragazza, prossima a convolare a nozze con uno dei pretendenti appartenenti alle più nobili famiglie, si snodò lentamente lungo la via di San Marciano fino a raggiungere il Padiglione Adelaide in via Pupa. Il direttore e la sua consorte, seduti sul balcone, rimasero sbalorditi da quella marea di gente e godevano dello spettacolo nella sua immensità e colori. Il figlio avvocato rimase anche lui sbalordito. Passarono alcuni minuti finché chiese al padre: "Se non ci accodiamo, non troveremo posto."

All'ingresso, alcuni addetti al controllo degli ospiti avevano installato degli schermi elettronici che permettevano loro di visionare dall'interno tutta la circonferenza esteriore. Lo splendore fiabesco del Padiglione non passò inosservato alla madre di Primavera, anzi si sentì folgorata. "'M'illumino d'immenso' disse il poeta. Io, invece, m'illumino della luminosità di questo evento." Si mise la testa tra le mani e mormorò: "Io non ho ordinato questo spettacolo principesco. Questo costa un mare di euro." Anche sua figlia era ignara di chi avesse orchestrato quell'aggiunto splendore. Ad ogni modo, almeno per il momento, la festa non ammetteva distrazioni.

Alle ore cinque echeggiò nell'aria il suono della tromba che dava inizio alla festa. Alle otto ebbe inizio il "Ballo in Maschera" che doveva designare il futuro sposo.

Intorno al tavolo d'onore, che poteva servire un'ottantina di invitati, risplendevano i volti di cittadini privilegiati che regalavano sorrisi a destra e a manca. La madre di Primavera sbandierò un fazzoletto bianco e tutti osservarono silenzio. "Il ballo matrimoniale ha inizio" annunziò in tono solenne. Lanciò uno sguardo alla figlia, dal cui volto traspariva un velo di mestizia. "Chissà a che cosa pensa" borbottò. "Speriamo che non gli passi per la mente quel pezzente di amico. Meno male che è sparito dalla circolazione parecchi anni fa. Forse sarà finito nello spaccio della droga o ubriaco in qualche locanda, oppure nel mondo criminale."

Seguirono anche momenti di confusione, di equivoci e di tensione. Alla sinistra del palco centrale era stato allestito un tavolo adibito a giornalisti e operatori televisivi. Erano arrivati da poco tempo e lavoravano alacremente a posizionare le telecamere e le lampade. Si notava anche una emittente brasiliana. La madre di Primavera appariva disorientata ma anche onorata dalla loro presenza. "Ma chi li ha invitati? Io mi sento smarrita in questa fiumana di novità che non ho pianificato."

La figlia la rasserenò: "Mamma, vogliono dare risalto a questo matrimonio a livello nazionale e internazionale con l'appoggio della televisione. Non è questo che desideravi per me?"

La madre palesò momenti di imbarazzo. Non sapeva che dire. Poi, si schermì: "Io mi sento stralunata. Ripeto. C'è qualcosa che non torna qui. Io non ho ordinato tutto questo splendore. Intendiamoci, io non mi sobbarco le spese."

La figlia percepiva la sensibilità della madre in quella materia, ma era ignara di qualsiasi piano di cui si fossero resi protagonisti i suoi corteggiatori. Si voltò verso di lei e bisbigliò: "Mamma, smettila con queste elucubrazioni farneticanti. È un'iniziativa personale. Non ti hanno interpellato. Non sei responsabile."

La scelta del futuro sposo non era abbinata al ballo. Certo, aveva i suoi effetti e conseguenze. Uno per uno, i pretendenti si misero in fila aspettando con dolce pazienza di ballare con

Primavera. Lei si faceva desiderare, almeno per il momento. Non se la sentiva ancora di ballare ed era troppo impegnata in una conversazione con don Vitellone.

Improvvisamente, lo scenario ebbe un sussulto imprevisto. Un giovane in abiti sgualciti si presentò all'ingresso e chiese di essere ammesso alla festa. I custodi gli bloccarono il passo. Lui giustificò la sua presenza con un messaggio per Primavera. A un segnale della madrina della festa, la banda musicale smise di suonare. La vista di un giovane impresentabile nell'abbigliamento mandò la donna su tutte le furie. Per lei, l'ignoto si rendeva colpevole di una violazione di una regola ben precisa e inappellabile, che vietava l'ingresso a qualsiasi persona che non fosse munita della carta d'invito. L'intruso era anche oggetto di repulsione da parte dei convitati che vestivano in abiti eleganti. Lo scenario, quindi, ebbe una svolta decisiva. L'attenzione della folla si spostò verso la porta centrale. Primavera smise di confabulare con il prete per seguire l'azione con interesse. Chissà quali pensieri ruminavano nella sua mente!

La madre, invece, ostentava assoluta opposizione. Lei, che macchinava equilibrismi spericolati, chiamò la figlia per ribadire fermamente la sua opposizione anche se l'intruso pretendeva di essere portavoce di un messaggio privato per Primavera. La madre espresse i suoi timori: "Non sarà forse quel personaggio inqualificabile e straccione, privo di educazione, cultura e buon senso che ti stava sempre dietro le calcagna. Se è vero, dimostra che sa solo essere un insignificante idiota, un allucinante esempio di dissoluzione sociale. È un soggetto orripilante. È il più prestigioso rappresentante di un pezzo di gioventù viziata, terribilmente insolente e arrogante. Fa parte di un settore giovanile decrepito, disperato, votato e destinato al fallimento totale. Per me era morto. Mi auguro che non sia resuscitato. In tal caso, i buttafuori sanno cosa lo aspetta."

"Mamma, non distrarti" la pregò la figlia.

"Come posso stare tranquilla se quello straccione è venuto alla ribalta con una maschera ridicola. È un tipico uccello del malaugurio. Questo sarebbe un altro sciagurato tentativo di modificare i miei piani."

"Questi sono pregiudizi. Non sappiamo chi sia. Tu mediti sinistri pensieri."

Alla madre sfuggì un ghigno. "Io nutro un tremendo presentimento."

"Su chi?" insistette la figlia.

"Su quel lurido mendicante che ben conosci."

"Ma che stai ruminando in quel cervello? Datti una calmata. Ricorda che tutto ciò che comincia bene finisce bene."

"Non cantar vittoria, cara mia, senza contare prima i galli nel pollaio."

"Sei troppo deprimente ed enigmatica, mamma. A volte faccio fatica a seguirti. Sei tenacemente predisposta a ricorrere ai vecchi schemi di violenza caratteriale."

La madre soffriva. Un dolore dallo stomaco s'inerpicò verso l'aorta. I polmoni si restrinsero e i nervi, che dalla spalla portano alla testa, si bloccarono creando una stagnazione del sangue. Si sentiva soffocare.

"Mamma, sta calma" le raccomandò la figlia. "Non lo hanno identificato. Porta la maschera."

La madre respirava affannosamente. Viveva una situazione trepidante e pericolosa. Lo scenario era allucinante e già si preannunciavano reazioni fisiche contro lo sventurato intruso. D'improvviso, la scena cambiò. Sotto gli occhi esterrefatti di tutti i convitati, il giovane si svestì degli abiti rozzi e sporchi. Mentre si spogliava, tutti gridarono allo scandalo e lanciarono invettive contro di lui. Si aspettavano in qualsiasi momento una dura reazione da parte della madre di Primavera.

Avrebbe potuto sciogliere il guinzaglio ai cani di guardia e l'incidente sarebbe rimasto lettera morta.

Intanto la donna mise la mano destra sul cuore e sospirò con un fil di voce: "Non ne posso più. Mi sono invecchiata in un attimo. Mi sento morire."

La figlia non le prestò tanta importanza. Si era espressa in quei termini anche in altre occasioni precedenti. Lei, invece, attendeva con trepidazione l'esito del concitato diverbio tra il presunto mendicante e le guardie alla porta d'ingresso.

D'improvviso, i segnali belligeranti dei convitati si affievolirono come d'incanto. Qualcosa di radicale era successo davanti alla biglietteria. Il giovane ignoto aveva lasciato cadere i panni sgualciti a terra ed era emerso un nuovo individuo con uno smoking nero, camicia bianca immacolata e cravattino nero. Primavera toccò sua madre con il gomito: "Guarda, mamma! Non è il giovane a cui tu alludevi. È ben vestito. Dev'essere di una famiglia nobile."

Quelle parole suonarono all'orecchio della madre come uno squillo di tromba della vittoria. Raddrizzò la schiena e allungò la vista verso la porta d'ingresso. Il suo volto s'irradiò e riacquistò parte della calma e del colore normale. "Non è lui" mormorò. "Che fortuna!" Non ebbe più motivo di infierire contro lo sconosciuto e fece segno alle guardie di lasciarlo entrare. Il sindaco e gli ufficiali comunali, che si erano alzati per intervenire, compresero che il sereno era tornato dopo la tempesta e si accomodarono sulle loro rispettive sedie.

Il giovane si diresse a passo spedito verso Primavera, che seguiva la scena con comprensibile ansia. Prese la sua mano e la baciò. Tutti gli occhi erano puntati su di lui. Una schiera di giovani protestò per l'atto insolito. Lo straniero aveva in tasca una scatoletta. La tirò fuori, l'aprì e apparve un anello intagliato interamente con rubini dai colori fluorescenti. Glielo mise all'anulare sinistro e le baciò di nuovo la mano. A sinistra della scatoletta giacevano come due statuette un paio di orecchini intarsiati di diamanti. Primavera rimase estasiata. Lui li mise alle orecchie della giovane, la quale non trovava parole per descrivere lo splendore dei regali e ringraziare il donatore. Per alcuni minuti discese nel mondo dei sogni.

La madre non rimase aliena alla vicenda. Un sorriso insolito illuminò il suo volto. Alla vista di quei diamanti e rubini di rara bellezza e con un prezzo da capogiro non seppe controllare lo stupore e restò pietrificata. I sospetti sul presunto mendicante cominciavano a scemare progressivamente. Il sangue ricominciò a scorrere nelle vene; il dolore lancinante al petto si dissolse e la testa ristabilì il suo equilibrio.

La banda riprese a suonare. Lo sconosciuto invitò Primavera a ballare con lui. In un primo momento lei esitò. Era intenta a scrutarlo dalla testa in giù. Gli eventi stavano cambiando tenore così velocemente che non aveva sufficiente tempo per razionalizzarli. La determinazione dello sconosciuto nel cambio dei vestiti e il suo passo sicuro verso di lei avevano destato nella giovane nuove emozioni. Aleggiava intorno a lui un'aria di mistero che la indusse ad accettare di ballare anche a costo di indispettire il resto dei pretendenti. Non che non si fosse posta la domanda di fare una scelta inconsueta e affrettata ballando con uno sconosciuto. Era in balia di un'attrazione fatale con la complicità del tempo che le pareva tiranno. Mossa da una forza arcana, si alzò lentamente e si lasciò condurre nello spazio centrale della balera. L'aria era satura di aspettative. Nessun convitato batteva ciglio. La madre, ancora frastornata, osservava attentamente la scena con il sospetto che non si era ancora dissipato nella sua mente. A un suo cenno, la banda partì con le note di un tango sotto gli occhi allibiti dei corteggiatori. Questi, mossi da un senso di gelosia immane, erano pronti a usare la forza, indipendentemente da una possibile richiesta da parte della madre di Primavera, pur di allontanare lo strano tipo venuto chissà da quale remoto angolo della terra. Buon per loro e per tutti che il senso di educazione civile prevalse. A malincuore, i maschi scelsero altre ragazze e si avviarono a raggiungere la coppia d'onore. Sempre mossa da sospetti, Primavera domandò al suo cavaliere: "Ma perché non ti sei identificato? Chi sei? E perché hai forzato la situazione? Ti conosco?"

La risposta del giovane sibilò nell'orecchio dell'amata come una brezza d'aprile: "Ho fatto solamente il mio dovere."

"Non hai ancora risposto alla mia domanda" insistette lei. "Chi sei e da dove vieni?"

Lui esitava. Non sapeva come cominciare. Si fece coraggio e rispose: "Io vengo da un paese molto lontano. Lavoravo per una compagnia petrolifera americana. Fui fatto prigioniero nella giungla da una banda di indigeni. Mi legarono a un albero per immolarmi."

Lei interruppe momentaneamente il ballo. "Noo!" la giovane rispose spaventata. Le altre coppie interruppero il ballo. Si voltarono verso di lei temendo qualcosa di spiacevole. La madre, spinta come sempre da curiosità, si alzò in piedi per raccogliere i minimi umori e decifrarli secondo la sua intuizione.

"Sì, è vero. Mi salvò dai cannibali una giovane indigena la quale, prima di spirare, mi aiutò a riempire lo zaino di pietre preziose."

"Ti prego, chi sei?" protestò lei per l'ennesima volta. Le coppie udirono la voce e si fermarono all'istante. La madre di Primavera fece un cenno e la musica cessò.

"Io sono colui a cui tu una volta dicesti 'Io sarò la tua promessa sposa'. Quindi son tornato per rivendicare la tua parola d'onore e il mio posto accanto a te."

"Oh, no, non è possibile! Sei tu, Cyrus. Non ne posso più. Non mi dire più niente" e cadde svenuta tra le sue braccia. Un giovane corse a prendere una bottiglia di aceto e glielo fece annusare. A poco a poco, Primavera riprese i sensi. Alzò gli occhi verso di lui e lo baciò appassionatamente. "Amore mio, mio tesoro. Davvero sei tu in carne e ossa? Sei tornato!"

Il ballo terminò e le coppie ritornarono ai loro rispettivi posti. Tutti avevano smesso di mangiare e bere. Aspettavano ansiosi la prossima mossa di Primavera, la quale era intenta a mirare e rimirare, con una gioia irrefrenabile, il preziosissimo anello e gli splenditi orecchini. Purtroppo non resse alla curiosità. Si voltò verso di lui e gli sussurrò: "Dove li hai comprati?"

"È un segreto."

"Allora mi nasce il sospetto che li hai trafugati in una gioielleria" disse con un pizzico di ironia.

"Io direi, li ho comprati. Ma non ti ho narrato poc'anzi le mie peripezie nella giungla..." la corresse lui.

Poi estrasse da una scatola un diadema con pietre preziose che pendevano tutte intorno a forma di pioggia e le cinse la testa.

Lei si coprì il volto con le mani. Non riusciva a reprimere l'emozione e scoppiò in lacrime. La madre allungò il collo in avanti. Spalancò gli occhi e la bocca, e rimase ammutolita. Il marito fu lesto a prenderla per il braccio e tirarla indietro.

Cyrus sussurrò qualche parolina nell'orecchio di Primavera: "I tuoi capelli esalano un buon profumo. L'odore di questo profumo m'inebria. Mi sento vuoto di energie." A quelle dolci parole, provò vergogna e un colore leggermente rossiccio apparve sulle gote di lei.

La madre di Primavera, com'era sua abitudine, seguiva lo svolgersi degli eventi con la massima attenzione, questa volta da una prospettiva diversa. Vedendo i due baciarsi, rimase attonita, e così il resto dei giovani spasimanti. Nessuno riusciva a parlare. A quel punto Primavera non riuscì più a reprimere i suoi sentimenti. Si tolse la maschera e la gettò lontano. Si volse verso Cyrus ed esclamò: "Ecco, la Promessa Sposa!"

"Ho mantenuto la promessa. Sono tua!" La sua voce risuonò in tutto l'universo maschile come un colpo al cuore. I volti dei suoi corteggiatori si trasformarono in maschere di disfatta. Un secondo grido lacerò l'aria e penetrò nelle loro orecchie come un grido di dolore. "Ecco, colui che ti ha sempre amato" le fece eco lui.

"Giù la maschera! Giù la maschera!" gridavano i convitati, scattati in piedi e impazienti di conoscere la sua identità.

Cyrus si tolse a poco a poco la maschera e la gettò tra la folla delirante. Lei cominciò a balbettare: "Ma, ma, allo...ra sei stato tu a rendere straordinaria questa festa! Tu hai dato lustro dietro le quinte, a nostra insaputa, alla realizzazione di questa cerimonia memorabile."

Lui rispose con un sorriso. Lei lo abbracciò e lo baciò di nuovo appassionatamente. Si rivolse ai convitati con volto raggiante di gioia ed esclamò: "Questa è la mia scelta! Questo è mio marito!"

Non si sentiva nemmeno il ronzio di una mosca. La coltre nera della notte era discesa sulla terra. I giovani corteggiatori osservarono per un po' di tempo un silenzio funereo. Non avevano altra scelta che accettare la volontà della loro amata e decisero di divertirsi, a malincuore, per il resto della serata.

Di fronte a una realtà schiacciante, anche la madre di Primavera fu costretta, dal cambio repentino degli eventi, ad abdicare al suo atteggiamento intransigente. E, come aveva prestabilito, invitò la giunta comunale a proseguire con il rito del matrimonio. Per testimoni lui scelse suo cugino, il direttore, cui era legato da amore fraterno sin dalla fanciullezza, e la sua consorte. Primavera optò per Franca e suo figlio. Il matrimonio civile portò un vento di euforia ai novelli sposi che non riuscivano a distogliersi dagli abbracci e baci in quella immensa moltitudine che faceva da cornice a una cerimonia memorabile, con un felicissimo svolgimento e proseguimento.

La madre di Primavera restava, tuttavia, dubbiosa di Cyrus. Non riusciva a ingoiare il rospo. Lo ricordava solamente, ma come figlia lei le raccontò le peripezie del marito. Solo allora cominciò in lei il lungo percorso di metamorfosi affettiva. Appena lui si liberò da tutte quelle effusioni d'affetto, lei si avvicinò a lui e gli chiese: "Ma chi è stato a organizzare questa fiabesca cornice festiva. Io non avrei avuto di certo centomila euro per l'evento." E scoppiò a piangere.

Cyrus non rispose. Abbozzò un pallido sorriso. Mise la mano sulla sua spalla e l'accarezzò. Lei si ricompose poco dopo, prese il microfono e annunziò: "Signore e signori, a domani la cerimonia religiosa. Continuate a divertirvi, ma vi prego di non mancare."

Un applauso scrosciante e interminabile seguì le sue ultime parole.

All'uscita, qualcuno disse: "In vita mia non ho mai partecipato a un matrimonio così spettacolare sotto tutti i punti di vista." Il suo vicino era un pochino brillo ma ancora si manteneva bene in piedi. Assolutamente fenomenale! Non ho altro da aggiungere."

Un signore che passava di lì aggiunse: "Questa storia è degna di essere scritta in un libro."

Lo sentì uno scrittore nei pressi dell'ingresso ed esclamò: "Ci avevo già pensato. Sarà fatto!"

Quelli che lo precedevano si voltarono e lo guardarono increduli.

Arrivarono anche i novelli sposi. Una colomba bianca volò sopra di loro. Cyrus la vide. "Questo è strano! Una colomba bianca che vola nell'oscurità? A quest'ora?"

La moglie si ricordò della visione e lo rimbrottò amorevolmente: "Tutto è possibile. L'impossibile appartiene a Dio."

La chiesa non venne meno alle aspettative. Cyrus non era venuto a conoscenza dell'esperienza spirituale di cui era stata protagonista Primavera. Sapeva che lei era contraria al rito religioso quantunque la madre fosse infastidita e perciò non si interessò di tale funzione. In realtà la madre della novella sposa, messa al corrente dell'esperienza spirituale della figlia, non ebbe più dubbi e si affidò al nuovo parroco per la cerimonia. Chi invece s'interessò dell'aspetto decorativo, a loro insaputa, fu un'altra "mano" che si adoperò senza clamore dietro le quinte. L'altare fu addobbato con grandi vasi di piante tropicali e quattro alberi di luci colorate lampeggianti che facevano da cornice ai quattro angoli del tempio. L'altare era completamente coperto con tappeti rossi, come pure i corridoi della navata centrale e delle navate laterali. Le colonne della navata centrale erano attorniate, a mo' di serpentine, da fiori e rose rosse e bianche. Le colonne delle altre due navate erano ricoperte da viole e gelsomini a forma di fungo, da cui cadevano gocce d'acqua che finivano in grandi vasi di petunie alla base. Tutto l'interno del tempio sfavillava di luci rosse e bianche. Davanti all'ingresso ragazze con l'uniforme da vallette davano il benvenuto davanti all'ingresso e distribuivano una rosa a ogni invitato. La coreografia era di una tipologia appassionante, travolgente, mozzafiato. Si notava l'estro e la poesia degli addetti ai lavori.

La cerimonia religiosa si svolse regolarmente all'orario previsto. Una carrozza di sei cavalli, guidati con bravura dall'abile cocchiere Alfredo e consorte, procedevano a piccolo trotto. Il traffico si bloccò. I balconi, adornati di vasi pendenti stracolmi di orchidee e petunie, divennero vivi d'incanto. Le comari del vicinato si divertivano gettando confetti e monete sulla folla sottostante. I fanciulli facevano a gara per impadronirsi del bottino anche in mezzo alla strada. Ciò permetteva agli animali del carro nuziale di riprendere fiato.

La sposa vestiva un elegantissimo vestito bianco. Sul sagrato della chiesa scese dalla carrozza, assistita dalle sei damigelle d'onore. Rossella e Barbara avevano il compito di sorreggere la parte posteriore del lungo vestito bianco per evitare che si sporcasse o fosse motivo d'inciampo. I tre bambini di Daniele facevano da paggi.

Il corteo nuziale, dopo qualche temporaggiamento dovuto alla calca della folla, cominciò a dirigersi verso l'ingresso centrale del tempio. Il padre della sposa prese per il braccio la figlia e la condusse all'altare; le alzò il velo dal volto, le diede un bacio sulla fronte e la lasciò in custodia dello sposo che stava aspettando dinanzi ai gradini dell'altare.

In pima fila, sedeva una coppia con tre figli. Erano stati i primi ad arrivare, pertanto nessuno li aveva visti, nemmeno gli sposi. Dietro di loro, sedevano due donne che parlavano portoghese. La chiesa era stracolma. L'eco degli eventi della serata precedente era vivissimo nei convitati e si diffuse in tutto il mondo mediatico fino al Brasile. Molti giornalisti e reporters della televisione erano presenti. La coreografia della chiesa, come è già stato menzionato, faceva faville. Quasi tutti si giravano intorno e aguzzavano gli occhi verso l'alto per gustarsi lo spettacolo degli addobbi. Sembravano essere più interessati alla coreografia che all'aspetto religioso.

Il tintinnio di un campanello annunziò l'ingresso del sacerdote, assistito da cinque confratelli e quattro chierichetti. La madre di Primavera chinò la testa verso il marito e mormorò: "Ma io non ho pagato per tutto questo splendore paradisiaco."

"Sarà stato nostro genero."

"No, mi ha giurato che non ne ha la minima idea."

Dal coro echeggiarono le note dell'Ave Maria che una cantante lirica della Scala di Milano stava iniziando a cantare. La sua voce cristallina echeggiò sotto la volta di forma gotica e scese nel cuore dei presenti suscitando entusiasmo ed emozioni tali da far brillare di lacrime i volti delle donne.

Al momento dell'omelia, il parroco salì sul pulpito ed esordì nel modo seguente: "Cari fratelli e sorelle, oggi il matrimonio è una conquista. Non tutti ne comprendono il significato. Siamo attorniati da una tipologia indicibile di tentazioni; tuttavia, c'è una via d'uscita. Quando cadiamo vittime delle nostre debolezze o provocazioni carnali dobbiamo adottare delle tecniche. Non è facile, ma è doveroso che lottiamo giorno per giorno, palmo a palmo per raggiungere la serenità interiore. Mi riferisco in particolar modo agli uomini."

Un frastuono insolito accompagnò l'ultimo commento. Il prelato ne approfittò per sorseggiare un poco d'acqua. Appena si placarono le risa, continuò: "Platone ammoniva i suoi contemporanei 'conosci te stesso', il che equivale a dire 'vinci te stesso'. Se non controlliamo le nostre debolezze, se non le dominiamo con la consapevolezza che possano bruciare il nostro animo, alla fine cediamo. La volontà è così ebbra di passioni che non resiste all'urto, a stare in piedi, e barcolla e scivola verso il baratro."

Non finì di parlare che un tuono fragoroso scosse le colonne del tempio. Fu seguito da un lampo che scheggiò l'aria. Il sacerdote traballò e cadde all'indietro. I due confratelli che vigilavano ai lati intervennero tempestivamente risparmiandogli la caduta sul pavimento, che avrebbe potuto avere conseguenze serie per l'anziano prelato. I parrocchiani, atterriti dal tuono, si accovacciarono sotto i sedili e gridarono: "Santa Barbara, Santa Barbara!" E si facevano il segno della croce sulla fronte. La natura, almeno in quella occasione, volle essere benevola con tutti.

Infatti, eruttò una sola volta lasciando dietro di sé una lingua di fuoco come il magma scintillante che si sprigiona dalla bocca di un vulcano. Dopo lo sfogo, si riassestò nella sua posizione abituale e tacque.

Il sacerdote, riavutosi dalla paura, riassunse la postura eretta e invitò tutti alla calma. La congregazione si ricompose e il prelato continuò: "Come vi dicevo, vi supplico di non imitare le vittime delle scene dell'Inferno dantesco. Infatti, se non diventiamo padroni di noi stessi, ci illuderemo e non usciremo mai indenni da questa prigione. La realtà spirituale non è opinabile. La discesa sarà inarrestabile se non siamo fedeli ai nostri ideali religiosi e al nostro coniuge. Mi compiaccio con la storia di Primavera e Cyrus e preghiamo che siano un modello per tutti i giovani." La folla scattò in piedi e applaudì a lungo.

Allo scambio degli anelli seguì il bacio tra i due sposi. Il parroco passò, quindi, alla presentazione. Si rivolse all'assemblea in tono giubilante: "Vi presento Primavera Venus e Cyrus, Conte delle Pietre, moglie e marito."

Presto tornò il sereno. Cyrus guardò alla sua destra e riconobbe Marco e la sua famiglia. Scoppiò in lacrime e corse verso di loro ad abbracciarli in un tripudio di gioia. Chiamò la moglie e disse: "Mio fratello è come il Figliuol Prodigo. Era perso ed è stato ritrovato; era dato per morto ed è resuscitato."

Sua cognata aprì la borsetta ed estrasse tre zaffiri di colore rosso e blu. "Ti regalo io questi gioielli. Ti piacciono?" chiese alla nuova cognata. Primavera non ebbe il tempo di ringraziarla che i figli alzarono un grande quadro e tirarono via il telo protettiva. Era un dipinto a olio di lei eseguito su tela. In cima era visibile la scritta "La promessa sposa." Primavera stava per accasciarsi al suolo, vinta dall'emozione. Fu sorretta in tempo dal marito. "Ma, co-me è pos-si-bi-le tut-to ques-to" balbettò. "Io muoio di fe-li-ci-tá." E si persero tra abbracci e lacrime.

Intanto, dalla seconda fila si fecero avanti due donne. La prima era vestita da assistente di volo. "Oh no, esclamò Cyrus. Come l'hai saputo? Vieni che abbiamo molto da dirci" e si perdettero in un lungo abbraccio. A lui si inumidirono gli occhi dall'emozione profonda. Lei se ne accorse, prese un fazzolettino e glielo porse. Cyrus aveva appena asciugato le lacrime che si fece avanti l'altra giovane. Era una giornalista accreditata di una emittente brasiliana, che lo fissò negli occhi senza emettere una sillaba. Lui meditò alcuni istanti ed esclamò: "Tu, tu... sei... quella ragazza che mi trovò il lavoro da lavapiatti" balbettò Cyrus e si abbandonarono in un fiume di lacrime.

Allo scrosciante applauso seguì anche un vocio. Una giovane in prima fila si rivolse alla madre: "Mamma, ti ricordi il Conte delle Pietre? Eccolo davanti a noi."

La madre sorrise. Abbracciò il nuovo cognato e proruppe in un lungo pianto: "Perdono, ti chiedo perdono per tutta la delusione e l'amarezza che ti ho causato."
"È acqua passata" sospirò lui singhiozzando.

Un signore borbottò: "Non capisco perché il reverendo abbia menzionato prima il nome della moglie e poi quello del marito."
"Non ti sei accorto che sono cambiati i tempi? Mala tempora currunt" gli fece eco il vicino.

L'ala occidentale della navata centrale, invece, si abbandonò a una lunga risata. Un anziano esclamò: "Se questo è il caso, anch'io svolazzerò intorno facendomi chiamare 'Principe o Barone delle Farfalle'."

Un altro anziano esclamò, sorridendo: "Io sarei Barone del Vino se conto tutti i bicchieri che bevo durante l'anno." L'ala occidentale della navata centrale si lasciò andare a una lunga risata, accompagnata da un fragoroso applauso.

I novelli sposi stavano dibattendo sulle prossime mosse. Marco prese il microfono e disse: "Siete tutti invitati a una seconda festa nello stesso Padiglione Adelaide di ieri sera. È gratis."

La novità fu che tutti gli emarginati del paese, avvertiti da qualcuno di quella manna dal cielo, divennero in poco tempo una fiumana di gente e si riversarono in via Cupa per il secondo pranzo nuziale.
"Andiamo, divertiamoci che è festa!" gridarono all'unisono.

Gli sposi fecero una fatica bestiale per uscire dalla chiesa. Tutti volevano intrattenersi con loro ed esprimere tutta la loro gioia e le loro emozioni per lo straordinario e storico evento. D'improvviso udirono un vocio e urla di gioia, seguiti da canti. Le guardie del corpo fecero il possibile per aprire un angusto corridoio e permettere agli sposi di avviarsi verso l'ingresso principale.

Sul sagrato della chiesa, la novella coppia fu oggetto di ulteriori sorprese e fu accolta da un tripudio di canti e colori che formavano una cornice fiabesca. L'intero spiazzo antistante la chiesa era gremito da una folla straripante. La maggior parte era formata da indigeni Tupi, venuti espressamente dall'Amazzonia brasiliana per omaggiare colui che era stato adottato come 'figlio della giungla amazzonica' e, pertanto, membro della loro tribù. Tra di loro, si distinguevano i capi tribù con le teste coperte da cappelli piumati e con strisce di pittura giallastra che attraversavano il volto orizzontalmente e verticalmente. Giovani donzelle, vestite nei loro tradizionali costumi amazzonici, diedero sfoggio a danze esotiche originarie della giungla. Le bandiere, che sventolavano inneggiavano a Dolcezza, la loro eroina.

Alla vista dei novelli sposi, i capi tribù si avvicinarono, accennarono un leggero inchino e resero loro onore offrendo i regali e gli auguri di una lunga e felice vita. Cervinara era completamente in subbuglio. Gli abitanti non avevano visto mai un indiano delle Americhe eccetto nei film. La loro presenza era oggetto di una immensa curiosità. Ai loro occhi sembravano alieni, abitanti di altri pianeti.

Per quella povera gente, Cyrus aveva riscritto, in versione moderna, la loro storia onorando le loro tradizioni e i loro riti religiosi. Oltretutto, non dimenticò mai la giovane ragazza perita tragicamente per aver contratto una malattia europea nel tentativo di salvarlo da una morte atroce.

Primavera era completamente soggiogata da quell'atmosfera surreale. Autoctoni dell'Amazzonia, gente mai venuta in Europa fin dai tempi di Colombo, erano lì a rendere testimonianza della loro fedeltà.

Per la novella sposa, l'acme delle sorprese era nascosta dietro le quinte. In due giorni aveva vissuto varie esperienze in un clima festivo inenarrabile. In quella atmosfera di giubilo, era naturale farsi trasportare in una dimensione di traboccante felicità. Sommersa da quell'euforia incontenibile, si rivolse al marito e mormorò: "Amore, com'è stato possibile organizzare questa festa, nelle sue varie fasi principesche, senza l'intervento diretto di una mano d'oro? E chi ha informato gli indiani?"

Cyrus, estasiato anche lui dall'imprevedibilità e dallo scorrere degli eventi che si succedevano con una regolarità simmetrica e spettacolare, rideva incapace di dare una risposta esauriente.

Gli unici a non essere stupiti, ma profondamente soddisfatti della fluidità del programma, erano Marco e la sua famiglia che, a breve distanza, godevano in cuor loro e ascoltavano in silenzio senza proferire parola. Primavera lanciò uno sguardo interrogativo verso suo cognato. Lui seppe dominare le proprie emozioni e si limitò a rispondere con un sorriso. Per distrarre l'attenzione di lei, si girò verso la sua consorte e la baciò. Lì vicino c'era il sacrestano. Marco gli diede la mancia e gli ordinò: "Vai, suona le campane a festa perché questo pomeriggio è anche la festa dei poveri."

Il corteo si avviò verso il Padiglione. Alla vista di tanto splendore, Primavera non riuscì a contenere la sua esuberanza. Si rivolse ancora una volta a suo marito e sospirò: "Questo matrimonio è degno di essere annoverato tra i più carismatici e fantasmagorici della storia recente e passata. Purtroppo, continuo a sospettare di una 'manina' dietro le quinte che ha orchestrato questo apparato meraviglioso."

Chiuse gli occhi per alcuni momenti per riposarli. Quando li riaprì, aveva già cambiato argomento: "Amore, dove accomodiamo tutta questa folla? Abbiamo lo spazio? C'è abbastanza cibo?"
"Disponiamo, tuttavia, di una riserva rilevante di vino e birra. Stai calma, vita mia. Tutto è stato programmato a dovere."

La moglie diede un sospiro di sollievo e appoggiò il capo sul petto di lui.

Primavera si accostò di nuovo a suo cognato e insistette: "Scusa la mia impertinenza, ma sei stato tu a organizzare e pagare per tutta questa coreografia principesca, incluso il pranzo luculliano? Lo sai che costa una barca di soldi?"

Ancora una volta, lui evitò di accogliere la richiesta. Abbozzò il suo tradizionale, pallido sorriso, e tacque. Sua moglie si scostò da lui e si avvicinò a Primavera: "Sei contenta? Ti piace tutta questa coreografia?"

"Non ci posso credere."

Il Padiglione Adelaide era in fermento. La gioia e l'esuberanza erano facilmente percepibili dai commensali. Alla vista di quella folla oceanica un signore chiese scusa e si appartò momentaneamente dal gruppo nuziale. Tirò fuori il cellulare e digitò un numero. Il telefono squillò nell'Olimpo.

"Prego, dica."

"Padre Giove vorrei invitare tutto il corpo celeste alla festa del

Secolo."

Giove rimase perplesso dall'insolito invito ed esitò parecchio prima di rispondere. Nessun terrestre lo aveva mai invitato a una festa nuziale. Lo squillo del telefono aveva messo in subbuglio la dimora degli dèi. Alcuni di loro si svegliarono di soprassalto dal dolce far niente. Altri si alzarono prontamente nel bel mezzo delle delizie del cielo. Repentinamente, come mossi da un unico desiderio, corsero in frotte ai piedi del trono di Giove curiosi di appurare novità provenienti dalla Terra. Nell'attesa spasmodica di una decisione del loro capo, alcuni si mordevano le unghie dall'ansia.

Per accelerare una risposta positiva, il signore del Padiglione aggiunse: "Padre Giove, data la vostra lungimiranza, lasciate da parte per una serata il nettare e l'ambra e degnatevi di scendere giù tra i mortali per assaporare i sapori delle nostre campagne e degustare i prodotti dei nostri vigneti."

Nell'udire quell'invito accattivante e dolce alle loro orecchie, un urlo di gioia si sprigionò dalle gole golose degli dèi e fece rimbombare l'Olimpo, scuotendolo dalle fondamenta. Di fronte a tale manifestazione spontanea ai piaceri e ai sapori della Terra, Giove cedette: "Aderisco alla volontà dei miei sudditi. Tra poco scenderemo dai Campi Elisi."

Il signore della telefonata era fuori di sé. Fu sopraffatto dalla gioia e cominciò a balbettare e sentire le vertigini. A malapena, riuscì a raggiungere il gruppo nuziale. Impugnò il microfono e annunciò: "Signori e signore." A quella voce i convitati tacquero. Non si udiva nemmeno il brusio di un insetto. "Ho una notizia strabiliante per voi. Devo prepararvi a un evento unico nella storia dell'umanità. Tra qualche istante padre Giove e tutti gli dèi scenderanno dall'Olimpo per partecipare con noi a questo banchetto nuziale. Quindi, vi esorto a esibire la massima riverenza ai signori dell'Olimpo. Sono certo che vi comporterete a seconda della vostra nobile tradizione."

La notizia suscitò una commozione incontenibile tra i presenti. Alcuni si esaltarono ballando, saltando, facendo capriole e alzando le braccia verso l'alto in segno di gratitudine. Altri s'inginocchiarono per prepararsi alla preghiera. E ci fu una schiera numerosa che diede sfogo ai polmoni con un urlo potente per manifestare la loro profonda eccitazione. Quel boato immenso scosse l'aria e il Padiglione tremò per qualche istante, poi si riposò. I commensali, atterriti, si prostrarono al suolo. Subito dopo, un fruscio di vento invase il Padiglione e apparvero gli abitanti del cielo in tutto il loro splendore.

Padre Giove chiese agli dèi di accomodarsi nello spazio riservato loro e di godere le leccornie presenti sugli appositi tavoli. Non finì di parlare che quasi tutti si avventarono sui cibi e divoravano tutto ciò che gli capitava tra le mani; altri preferirono afferrare i vasi di vino appiccicando le labbra sugli orli. Don Vitellone, alla vista di quegli strani esseri alieni, sparse l'acqua santa in giro e scappò via.

Primavera e suo marito rimasero estasiati dal corteo celeste. La madre della sposa, come gli stessi convitati, erano pietrificati. Dalle loro labbra uscivano vocali e consonanti in modo frammentario. Seguirono mezzi balbettii, vocii, parole spezzate e frasi incoerenti. Sembravano essersi appena svegliati da un lungo letargo. Passò del tempo prima che si riebbero da quell'evento che aveva legato per una volta e in modo tangibile il cielo e la terra. Intanto Giove volle dare un segnale di amicizia, di benevolenza e di magnificenza al suo interlocutore. Alzò il dito e incaricò Vulcano di tornare nella sua fucina. Il dio ubbidì immediatamente. Dalla sua fornace sprizzarono scintille di fuoco che si incunearono nell'aria come missili. Per più di un'ora il cielo di Cervinara e dei paesi limitrofi s'illuminò di un immenso specchio di luci sfolgoranti e colori incandescenti che elettrizzarono un vasto varco celeste. Quel magma, eruttato dalle bocche da mortai dei crateri del monte Etna e del Vesuvio, si frammentava in forma di scintille nell'aria e spegneva le proprie luci durante la caduta.

Agli occhi degli indigeni quello spettacolo fantasmagorico e ineguagliabile ricordava le impressionanti colate di lava che i vulcani della giungla sputavano nell'aria e che si precipitavano giù alle falde, scivolando con una rapidità fulminea e una luminosità accecante. Ma quel fuoco che scendeva dal cielo custodiva anche altre verità. Chissà quanti segreti nascondevano quei frammenti di scintille pietrificate che cadevano al suolo lentamente e si solidificavano nell'oblio eterno. Per alcuni capi delle tribù quello spettacolo della natura, coi fuochi che sprigionavano scintille nell'atmosfera, somigliava a stelle in tutta lo loro luminosità.

Senza dubbio, il fascino di quel cielo ammantato da centinaia, migliaia di fiammelle teneva con il fiato sospeso una marea di gente accorsa da ogni angolo del paese e assiepata in un padiglione che lasciava dietro di sé emozioni, lacrime, gioie, sorprese e sospiri. Cervinara, almeno per quella sera, si convertì nel centro della Terra e passò alla storia come un giardino stellare, sotto una pioggia incandescente di fiamme colorate. Vulcano non era mai stato tanto attivo e generoso nella sua fornace come in quella memorabile sera d'estate.

Giove diede un ultimo sguardo a Primavera. In cuor suo aveva già preso una drastica decisione. Voleva rapirla e portarla con sé sull'Olimpo. Il suo interlocutore lo aveva spiato e aveva carpito i suoi disegni. Gettò sguardi investigativi ovunque. In un angolo, giaceva una scatola di cartone di ampie dimensioni. Rovistò all'interno e trovò ciò che cercava: una lunga fune. La tirò fuori. I suoi famigliari lo seguivano attentamente con gli occhi. La sua prossima mossa li fece dubitare della sua sanità mentale. Lui li pregò di accondiscendere alla sua strategia senza protestare in un modo plateale, tale da destare interesse nel nucleo olimpico. Li legò uno per uno e alla fine si fece legare da un inserviente. Ordinò che il resto della fune venisse annodata intorno all'asse centrale del Padiglione. A nulla valsero gli scongiuri dei famigliari e parenti che vedevano nel suo strano gesto un indizio di future sciagure.

Lui rimase indifferente alle loro implorazioni. Solo la madre di Primavera si era sottomessa a quella "prigionia" senza batter ciglio. Forse aveva intuito il vero proposito dietro quell'atto inconsueto di Marco. Dopotutto, era stato lui ad accorgersi dell'interesse del padre dell'Olimpo per la novella sposa, paragonandola alla beltà della creatura di Botticelli. Gli dèi, per parte loro, non diedero eccessivo peso all'evento, anzi, mostravano disinteresse dato il loro coinvolgimento con la bevanda. L'unico a storcere il naso fu proprio Giove, il quale non rinunciò a manifestare il suo malcontento. A un certo momento, infastidito com'era, cedette agli eccessi del cibo e della bevanda ed emise un lieve rutto che provocò un rumore assordante. Il Padiglione tremò violentemente, i teloni che lo coprivano si squarciarono e la struttura crollò al suolo seppellendo la massa umana. La gente era impossibilitata a uscire da quella condizione infernale. Tutti erano immobilizzati, atterriti da una possibile ira e vendetta divina. Le vittime illese di quel terremoto si sentivano prossime alla disperazione e alla morte. Si udivano i lamenti del Direttore: "Aiuto! Venite! Don vitellone, la benedizione!"

La moglie lo redarguì: "Lascia stare don Vitellone. Pensa a me che sto morendo asfissiata da questo telone." Molti imprecavano con le residue energie che vibravano nelle loro corde vocali, si dimenavano ed emettevano gemiti. Con il passar del tempo, il respiro si affievolì e le urla di dolore si spegnevano progressivamente nella gola. La situazione era veramente drammatica. A quel punto, il signore che aveva iniziato la conversazione con Giove gli toccò il gomito. Questi effettuò un sussulto e respirò profondamente. D'incanto il Padiglione si ristabilì sulle previe vestigia e riacquistò la sua struttura originaria. Ciccio Lanni, il grande orchestratore dietro le quinte dell'invito a Giove, tirò la testa fuori da un groviglio di suppellettili ed esclamò: "Fratelli e sorelle, è l'ora di risorgere." Tutto a un tratto, i commensali si ritrovarono seduti nell'oblio dello spiacevole evento. Purtroppo le conseguenze del boato si estesero a tutta la cittadina e causarono costernazione e terrore. Gli abitanti si riversarono immediatamente nelle strade. Si udivano schiamazzi, pianti, urla: "Corri di qua, vai là, corri qui, via, via, scappa, scappa!" Dopo i primi momenti di panico, la terra osservò silenzio, e il sollievo e la calma si ristabilirono tra gli abitanti.

La stretta vigilanza del nucleo familiare aveva fatto saltare in aria il piano di Giove. A un suo segnale, si radunò ai suoi piedi l'intero esercito dell'empireo. Tutti mostravano pance sporgenti e volti brilli e stanchi. La tromba suonò per indicare la partenza e l'intera assemblea dei convitati si prostrò a terra in segno di riverenza e timore. Padre Giove diede un secondo segnale e, in un baleno, gli dèi si dileguarono nello spazio celeste e fecero ritorno alla dimora divina. Giove si era reso conto dell'impossibilità di portare con sé Primavera, con tutta quella gente legata, e rinunciò al ratto; tuttavia, si rifiutò di ritornare al suo trono senza un ricordo di lei. Purtroppo durante il volo, in un momento di nervosismo o disattenzione, il quadro di Primavera gli sfuggì dalle mani e cadde pesantemente sulla sedia a sdraio della novella sposa perforando la tela, ma senza causare danni al dipinto. Primavera rimase spaventata, ma illesa per miracolo. Stava per rialzarsi quando si avvide con orrore che un oggetto pesante era caduto vicino a lei, seminando un comprensibile terrore in lei e tra le persone circostanti.

Dopo l'iniziale sgomento, l'interlocutore di Giove ordinò allo stesso inserviente di sciogliere i nodi dei legami, mentre dalle labbra dei convitati sfuggivano esclamazioni di terrore misto a entusiasmo. Appena liberati, tutti chiesero spiegazioni. La madre di Primavera rispose: "Dobbiamo a Marco, alla sua mente raffinata, se ora possiamo goderci la presenza e la bellezza di mia figlia. Noi siamo troppo umani per abituarci al clima e alle abitudini dell'Olimpo. Eppure gli dèi avrebbero sofferto la nostra presenza."

"Urrah! Urrah! Evviva Marco! Evviva Cyrus! Evviva Primavera!" gridò il direttore, coadiuvato dall'intera assemblea. L'urlo di gioia era stato così potente da raggiungere la cima della montagna.

E giunse anche la partenza per la luna di miele. I novelli sposi, per ovvie ragioni, optarono per il Brasile. Fecero loro compagnia Marco e famiglia, l'assistente di volo e la giornalista. Prima di salire nell'auto che li avrebbe condotti a Fiumicino, Primavera chiese permesso e si assentò un minuto per entrare in chiesa. Si inginocchiò davanti all'altare e, con il volto fisso al tabernacolo, mormorò una prece: "Grazie, o Signore, per esserti degnato di rivelarti a me e per aver cambiato il corso della mia vita in una esperienza spirituale intimamente profonda e inenarrabile."

Il giorno seguente tutte le testate dei giornali riportarono in prima pagina "La promessa sposa" e le fasi salienti che la portarono al coronamento del suo sogno con Cyrus. Al centro c'era scritto: "il matrimonio del secolo!"

PS. Purtroppo, il padre degli dèi non si diede per vinto e volle scagliare tutta la sua delusione e rabbia contro l'inerme popolazione. Volò a Wuhan, raccolse un virus dei pipistrelli dal laboratorio presso il mercato e ritornò prontamente a Cervinara lasciando cadere il flagello sulla cittadinanza, sull'Italia intera e sul mondo, lasciando dietro di sé una scia di sofferenze e di morti. Inoltre, si aggiunse la devastazione delle economie e del mercato mondiale. Il Covid 19 non si dimenticò di stravolgere gli umori, le abitudini e le emozioni dei residenti di questo pianeta. Il mondo fu sconvolto così radicalmente che non sarebbe stato mai più lo stesso. La Cina avrebbe nascosto il flagello da gennaio o ancor prima da Natale del 2019.

La vita di don Vitellone, invece, è avvolta in una fitta nube di mistero. Dopo la fuga dal Padiglione nessuno più lo ha visto. Si vocifera che abbia deposto la pistola davanti alla porta del commissariato di polizia o del vescovato e si sia ritirato a vita solitaria, lontano dai clamori della mondanità e della quotidianità. Ma queste sono solo voci. Forse il direttore è l'unico che custodisca le poche verità. Rivolgetevi a lui!

Antonio Casale

*A tutti voi lettori e lettrici che mi avete seguito in questo percorso, spero esilarante e ricco di emozioni, lascio un "grazie" di cuore e che la vostra vita sia infarcita di buona salute, soddisfazioni e felicità.